COLLECTION FOLIO

# PRÉSENTATION

C'est en juillet 1839, alors qu'elle réside à Londres pour la quatrième fois, que Flora Tristan décide de consacrer un livre à la capitale de la Grande-Bretagne. La femme de lettres, la militante féministe, l'activiste socialiste qu'elle est devenue au fil des années ne vise certes pas la rédaction de l'un de ces ouvrages qui, en profonde empathie avec un lieu, le célèbre et le magnifie, comme c'est le cas pour *Promenades dans Rome* publié par Stendhal dix ans plus tôt. Le livre qu'elle envisage tient plutôt du reportage et de la dénonciation : à rebours des célébrations attendues, il contiendra la description de scènes fort peu pittoresques, il supposera l'accès à des lieux résolument non touristiques (l'usine, la prison, les lieux de prostitution et de recel), l'observation de gens qui n'ont guère retenu le commentaire jusqu'ici (fripiers juifs, portefaix irlandais, ouvriers de la Compagnie du gaz). Non content de peindre une réalité « effroyable », l'ouvrage comptera aussi des critiques acerbes, des comparaisons avec ce qui s'observe en France et des propositions pour l'avenir. « Mon livre, écrit Flora Tristan dans la préface à l'édition de 1840, est un livre de faits, d'observations recueillies avec toute l'exactitude dont je suis capable ; je me suis garantie, autant qu'il a dépendu de moi, de l'entraînement de l'enthousiasme ou de l'indignation. J'ai signalé les vices du système anglais, afin que sur le continent on s'applique à les éviter. »

Revenue passer plusieurs mois dans une ville qu'elle n'aime guère, dont les usages l'irritent, dont la misère des uns et l'arrogance des autres la choquent profondément, Flora Tristan se montre donc peu disposée à s'émerveiller des singularités de la plus moderne des capitales européennes de l'époque. Elle est avant tout à Londres pour témoigner, pour rencontrer quelques personnalités progressistes qui lui servent de guides (elle parle à peine l'anglais), pour comprendre. Dès lors, Londres, son *comfort*, son éclairage au gaz, ses *dandys* et *fashionables* en élégants équipages, ses boutiques, ses grandes artères et ses ruelles étroites, son Parlement et ses Chambres, ses manufactures et ses bateaux sur la Tamise, Londres capitale d'un État puissant, d'un empire considérable s'étendant jusqu'aux Indes et dans les mers du Sud, disparaît presque entièrement au profit d'une « ville monstre », aux dimensions si considérables qu'elles sont devenues inhumaines (la ville compte alors près de deux millions d'habitants). La dictature de l'argent, la toute-puissance du commerce et de l'industrie imposent des rapports de classe empreints d'une grande brutalité, souvent d'un profond cynisme ; des conditions de travail difficiles ou l'absence de travail, la prostitution des femmes et des enfants des deux sexes, les délits en tout genre, l'alcoolisme et la maladie sont partout, lot de milliers de déshérités qui s'entassent dans des quartiers insalubres, dans des taudis infects. Le bien-être et la croissance ont un coût humain exorbitant, payé par les « classes laborieuses », ouvriers, femmes et enfants de condition modeste, véritables esclaves des temps nouveaux.

Si elle a quelques mots sur l'impression produite par la vue des ponts et des docks, des chemins de fer et des cheminées d'usine, si elle n'est pas insensible à la beauté de « l'orgueilleuse cité », « le soir surtout », et trouve l'éloquence des romantiques pour décrire les grandes machines en fonctionnement, Flora Tristan est frappée surtout par l'extrême indigence qui s'observe en nombre d'endroits, elle juge la situation des ouvriers en usine « pis que la traite des nègres », et se déclare abasourdie de la désinvolture des membres des Chambres (où elle pénètre déguisée en Turc), choquée des mœurs de la classe dirigeante, irritée aussi du peu de liberté et d'éducation accordées aux femmes alors même que le pays compte dans ses rangs de remarquables femmes auteurs, dont la féministe Mary Wollstonecraft.

Elle n'est pourtant pas la première à voir dans Londres une révoltante Babylone moderne, la ville de trop vifs contrastes entre richesse et pauvreté — la littérature anglaise va bientôt s'en faire l'écho avec plus de conviction que jamais (Charles Dickens publie *David Copperfield* en 1849). La capitale est alors appréhendée comme une sorte de laboratoire où réformateurs anglais et étrangers prennent le pouls d'une société devenue *industrielle* : ils y sondent les plaies de la pauvreté, visitent les quartiers populaires (ceux du centre et de l'est de Londres en particulier), pénètrent dans les manufactures, mais aussi à l'asile, à l'hôpital et à l'orphelinat ; ils prônent l'aide de l'État dans l'assistance aux déshérités, réfléchissent sur l'arrivée probable de semblables phénomènes dans d'autres pays européens, appellent à l'éducation pour tous et à la défense des droits des travailleurs. Parmi les ténors de la réflexion sociale, la Grande-Bretagne compte notamment l'industriel Robert Owen (que Flora Tristan a rencontré à Paris en 1837) et les chartistes (auxquels elle consacre un chapitre de son livre), les Irlandais O'Connell et O'Brien, soutenus par quelques grandes figures du parti *whig*; de son côté, la France a ses socialistes utopiques, comme les appellera Engels : Saint-Simon, ses disciples Enfantin et Bazard et leur « Église », Fourier, Lamennais, et nombre de sympathisants, dont certains assez fantaisistes (tel l'abbé Constant), qui donnent dans la religion humanitaire et croient au Christ des barricades. Au milieu de cette constellation de grands noms, de combats courageusement menés en faveur de causes qui se font écho, celle des femmes comme celle des travailleurs, Flora Tristan a sa place marquée, elle qui « invente la classe ouvrière », selon les mots de l'historien Michel Winock. Elle est en effet la première à considérer les ouvriers comme une classe sociale à part entière, et à inviter les « prolétaires » français à l'union pour assurer leurs droits, dont le premier est le droit au travail.

Au départ pourtant, rien ne semblait devoir la conduire à jouer ce rôle de *pasionaria* du socialisme et du féminisme naissants qui sera le sien pendant un temps bref mais fécond. Qui est Flora Tristan ? Une femme généralement représentée sous des traits amènes, le visage encadré de longs cheveux noirs, « admirablement jolie », selon le critique Jules Janin. On la dit déterminée, enthousiaste parfois jusqu'à l'emportement, menée par des convictions profondes qu'elle entend faire connaître et partager. *Paria*, Flora Tristan, qui tient à se désigner par ce mot, l'est pourtant doublement : d'abord parce que des circonstances malheureuses ont fait d'elle une bâtarde et l'ont lésée d'un héritage conséquent (au décès de son père, sa mère n'a pas pu donner la preuve qu'elle était légalement mariée avec l'officier péruvien qu'elle avait épousé en Espagne), ensuite parce qu'un mariage précoce l'a livrée au bon vouloir d'André Chazal, peintre et lithographe, mari colérique et violent qui, pour avoir tenté de l'assassiner, sera condamné à vingt ans de travaux forcés.

De ces événements, la jeune femme va tirer force et leçon, s'instruisant toute seule, profitant de toutes ses rencontres, et bien décidée à ne se donner aucun maître. Elle va d'abord, entre 1833 et 1834, courir les mers de Bordeaux à Callao, ville portuaire du Pérou, et ce pour faire la connaissance de la riche et puissante famille de son père et réclamer sa part d'héritage. Elle donnera de son long séjour dans un pays alors fort peu connu un prodigieux récit, *Pérégrinations d'une paria*, qui, bien accueilli en France lors de sa publication en 1837, lui assurera quelque notoriété. Quelque temps auparavant, elle a publié une brochure, *Nécessité de faire un bon accueil aux femmes étrangères*, dans laquelle elle engageait les femmes à s'associer afin d'obtenir une parfaite reconnaissance de leurs droits sur le principe de l'égalité. Par ailleurs, dès son retour du Pérou, elle est entrée en contact avec les milieux fouriéristes et saint-simoniens ; en 1837, elle adresse une pétition aux députés demandant le rétablissement du divorce. L'année suivante elle en envoie une autre, pour réclamer l'abolition de la peine de mort, et publie un roman sentimental *Méphis*. Peu à peu, le modeste salon du 89 rue du Bac se remplit de sympathisants de toutes catégories sociales qui partagent ses convictions sur l'égalité des hommes et des femmes et qui appellent à l'union. La quatrième édition des *Promenades dans Londres* comporte une « dédicace aux classes ouvrières » qui s'ouvre sur cette apostrophe : « Travailleurs, c'est à vous, *tous* et *toutes*, que je dédie mon livre ; c'est pour vous instruire sur votre position que je l'ai écrit : donc, il vous appartient. » Flora Tristan entre en correspondance avec quelques grandes figures militantes de l'époque, parmi lesquelles Prosper Enfantin, Louis Blanc, Armand Barbès et Victor Schoelcher ; elle s'attire la sympathie de George Sand qui salue la sincérité de son combat (mais juge pourtant que ses « découvertes socialistes [...] ne sont qu'enfantillages »). C'est peu après, en 1843, qu'elle lance le projet d'une grande union des forces du monde du travail et que, dans cet esprit, paraît son pamphlet *Union ouvrière*. Quelques mois plus tard, elle décide d'un grand tour de France afin de rencontrer les représentants des milieux ouvriers dans les principales villes de France. La police surveille de près ses déplacements de ville en ville, véritable croisade en faveur de la cause ouvrière. Elle meurt d'épuisement en chemin, à Bordeaux, en novembre 1844.

Dans une lettre datée du 21 août 1835, Flora Tristan avait écrit à Charles Fourier : « J'ose vous prier, Monsieur, de bien vouloir vous rappeler de moi lorsque le cas viendra où vous aurez besoin d'*une personne dévouée*, je peux vous assurer que vous trouverez en moi une *force* peu commune à mon sexe, un *besoin* de faire le bien, et une reconnaissance profonde pour ceux qui me procureront les moyens d'être *utile*. » Ces quelques mots résument admirablement celle qui mit toute son énergie au service de la défense des opprimés. L'histoire se souvient du passage de ce bref météore dans le ciel chargé des revendications sociales du XIXe siècle.

MARTINE REID

## NOTE SUR LE TEXTE

*Promenades dans Londres ou l'Aristocratie et les prolétaires anglais* a paru pour la première fois en volume en mai 1840 à Paris, chez H. L. Delloye. Cette première édition est suivie de deux autres, en 1840 et 1842. La quatrième est une édition à bon marché, remaniée et augmentée, qui paraît en novembre 1842 à Paris, chez Raymond-Bocquet (in-18, LVI-250 p.) ; elle s'ouvre sur la « Dédicace aux classes ouvrières ».

Les pages qui suivent sont extraites de cette dernière édition. Elles correspondent aux chapitres I, II, III, IV, VI, VII, X, XI, XIII et XVII. L'avertissement et la dédicace aux classes ouvrières, les chapitres consacrés aux chartistes (V), aux filles publiques (VIII), aux prisons (IX), aux foulards volés (XII), à Waterloo et Napoléon (XIV) et aux asiles d'aliénés (XV et XVI), ainsi que les observations contenues dans la rubrique « Crayonnages » placée en fin de volume, n'ont pas été reproduits.

Seules quelques coquilles manifestes ont été corrigées.

Les notes appelées par lettres sont de l'auteur, celles appelées par chiffres sont de l'éditrice.

# PROMENADES DANS LONDRES

## *La ville monstre*

*Londres, quatre fois grand comme Paris; Londres, qui tient en population le huitième de l'Angleterre, deux millions d'hommes, tandis que Paris ne tient que le trente-deuxième de la France; Londres, extravagante immensité dont quelqu'un à pied ne ferait pas le tour dans sa journée; Londres, désolante et magnifique accumulation de puissances...*

AUGUSTE LUCHET,
*Frère et sœur*[1]

*... C'est de la foule sans confusion, de l'agitation sans bruit, de l'immensité sans grandeur!*

Baron d'HAUSSEZ,
*La Grande-Bretagne*
*en mille huit cent trente-trois*[2]

Quelle immense ville que Londres! comme cette grandeur, hors de toute proportion avec la superficie et la population des Îles britanniques, rappelle

1. Républicain convaincu, Auguste Luchet (1806-1872) est notamment l'auteur de pièces de théâtre, parmi lesquelles *Frère et sœur*, datant de 1838.

2. Charles Lemercher de Longré, baron d'Haussez (1778-1854) était ministre de la Marine sous la Restauration, député sous la Monarchie de Juillet. Flora Tristan citera son ouvrage, paru en 1834, à plusieurs reprises.

immédiatement à l'esprit et l'oppression de l'Inde et la supériorité commerciale de l'Angleterre ! Mais les richesses provenant des succès de la force et de la ruse sont de nature éphémère ; elles ne sauraient durer sans renverser les lois universelles qui veulent que, le jour venu, l'esclave rompe ses fers, que les peuples asservis secouent le joug et que les lumières utiles à l'homme se répandent afin que l'ignorance aussi soit affranchie.

Que sera alors la sombre étendue de cette orgueilleuse cité ? Ses proportions gigantesques survivront-elles à la puissance extérieure de l'Angleterre et à la suprématie du commerce anglais ? Ces chemins de fer, qui rayonnent de la ville monstre dans toutes les directions, lui assurent-ils un accroissement sans limites ? Telles sont les préoccupations de la pensée à l'aspect de ces flots de peuple qui s'écoulent silencieux dans l'obscurité de ces longues rues, à l'aspect de ce prodigieux amas de maisons, de navires et de choses ; et l'on éprouve le besoin de se livrer à l'examen des hommes de toute classe et de leurs œuvres de toute espèce, afin de trouver une solution aux doutes dont l'esprit est agité.

À la première vue, l'étranger est frappé d'admiration pour la puissance de l'homme ; puis il est comme accablé sous le poids de cette grandeur et se sent humilié de sa petitesse. Ces innombrables vaisseaux, navires, bâtiments de toute grandeur, de toute dénomination qui, pendant de longues lieues, couvrent la surface du fleuve qu'ils réduisent à l'étroite largeur d'un canal ; le grandiose de ces arches, de ces ponts qu'on croirait jetés par des géants pour unir les deux rives du monde ; les docks, immenses entrepôts ou magasins qui occupent vingt-huit acres de terrain ; ces dômes, ces clochers, ces édifices auxquels les vapeurs donnent des formes bizarres ; ces cheminées monumentales qui lancent au ciel leur noire fumée et annoncent l'existence des grandes usines ; l'apparence indécise des objets qui vous entourent : toute cette confusion d'images et de sensations trouble l'âme — elle en est comme anéantie. Mais c'est le soir surtout qu'il faut voir Londres ! Londres, aux magiques clartés de millions de lampes qu'alimente le gaz, est resplendissant [1] ! Ses rues larges, qui se prolongent à l'infini ; ses boutiques, où des flots de lumière font briller de mille couleurs la multitude des chefs-d'œuvre que l'industrie humaine enfante ; ce monde d'hommes et de femmes qui passent et repassent autour de vous : tout cela produit, la première fois, un effet enivrant ! Tandis que, le jour, la beauté des trottoirs, le nombre et l'élégance des *squares*, les grilles d'un style sévère, qui semblent isoler de la foule le foyer domestique, l'étendue immense des parcs, les courbes heureuses qui les dessinent, la beauté des arbres, la multitude d'équipages superbes, attelés de magnifiques chevaux, qui en parcourent les routes, toutes ces splendides réalisations ont quelque chose de féerique dont le jugement est ébloui ; aussi il n'est point d'étranger qui ne soit fasciné en entrant dans la métropole britannique ; mais, je me hâte de le dire, cette fascination s'évanouit comme la vision fantastique, comme le songe de la nuit ; l'étranger revient bientôt de son enchantement : du monde idéal il tombe dans tout ce que l'égoïsme a de plus aride et l'existence de plus matériel.

Londres, centre des capitaux et des affaires de l'Empire britannique, attire incessamment de nou-

1. Depuis 1813, Londres était en effet la première ville du monde éclairée au gaz, ce qui faisait l'admiration des visiteurs.

veaux habitants ; mais les avantages que, sous ce rapport, il offre à l'industrie sont balancés par les inconvénients qui résultent de l'énormité des distances : cette ville est la réunion de plusieurs villes ; son étendue est devenue trop grande pour qu'on puisse se fréquenter ou se connaître. Comment entretenir des relations suivies avec son père, sa fille, sa sœur, ses amis, quand, pour aller leur faire une visite d'une heure, il faut en employer trois pour le trajet et dépenser huit ou dix francs de voiture ? Les fatigues extrêmes qu'on éprouve dans cette ville ne sauraient être conçues que par ceux qui l'ont habitée, ayant des affaires ou tourmentés du désir de voir.

Les courses ordinaires sont d'une lieue et demie à deux lieues [1] ; ainsi, quelque peu d'affaires qu'ait une personne, elle est exposée à faire cinq à six lieues par jour ; le temps qu'elle perd peut facilement s'imaginer : en terme moyen, la moitié de la journée se passe à arpenter les rues de Londres. Si un exercice modéré est salutaire, rien ne tue l'imagination, ne paralyse l'esprit et le cœur comme une fatigue extrême et permanente. Le Londonien, rentré chez lui le soir, épuisé de lassitude par les courses de la journée, ne saurait être gai, spirituel, ni disposé à se livrer aux plaisirs de la conversation, de la musique ou de la danse. Les facultés intellectuelles dont nous sommes doués s'anéantissent par les fatigues corporelles portées à l'excès, de même que la surexcitation de ces facultés frappe d'atonie les forces physiques : c'est ainsi que nous voyons l'homme des champs, rendu chez lui, après douze heures d'un pénible labeur, n'éprouver que le besoin de manger et de dormir pour réparer ses forces, et son intelligence demeurer

1. Soit environ huit kilomètres.

inerte, quelque puissants qu'en soient les ressorts : tel est le destin des habitants de la ville monstre ! Toujours accablés de fatigue, leur physionomie en a pris l'empreinte, leur caractère s'en est aigri.

Londres a trois divisions bien distinctes : la *Cité*, le *West End* et les *faubourgs.* La Cité [1] est l'ancienne ville, qui, malgré l'incendie arrivé sous le règne de Charles II, a conservé grand nombre de petites rues étroites, mal alignées, mal bâties, et les abords de la Tamise obstrués par des maisons dont la rivière baigne les fondements. On retrouve donc, indépendamment de ses splendeurs nouvelles, quantité de vestiges des temps antérieurs à la restauration, et le règne de Guillaume III s'y lit en entier. On y voit une multitude d'églises et de chapelles appartenant à toutes les religions, à toutes les sectes.

Les habitants de cette division sont considérés, par ceux du *West End*, comme *John Bull* [a] [2] *pur sang*; ce sont, pour la plupart, de braves marchands qui se méprennent rarement sur les intérêts de leur commerce et que rien n'affecte, excepté ces mêmes intérêts. Les boutiques, où beaucoup d'entre eux ont fait de grandes fortunes, sont si sombres, si froides, si humides, que l'aristocratie du *West End* dédaignerait de semblables salles pour loger ses chevaux. Le costume, les mœurs, le langage de la Cité se font remar-

a) *John Bull* était le sobriquet qui désignait, il y a vingt ans, la généralité du peuple anglais; on ne le donne plus, actuellement, qu'à ceux qui restent encroûtés dans les vieilles habitudes, coutumes et préjugés de l'Angleterre.

1. En 1840, la Cité avait conservé son caractère médiéval malgré l'incendie de 1666.

2. Créé par John Arbuthnot (1667-1735) dans *Histoire de John Bull* (1712), ce personnage, sorte de Monsieur Prudhomme anglais, avait été popularisé par le journal satirique *The Punch.* Il désignait un Anglais de milieu populaire, d'allure traditionnelle, aux positions conservatrices.

quer par des formes, des nuances, des usages, des locutions que les fashionables du *West End* taxent de *vulgarity.*

Le *West End*[1] est habité par la cour, la haute aristocratie, le commerce élégant, les artistes, la noblesse de province et les étrangers de tous pays ; cette partie de la ville est superbe ; les maisons sont bien construites, les rues bien alignées, mais extrêmement monotones ; c'est là que l'on rencontre les brillants équipages, les dames magnifiquement parées, les dandys caracolant sur des chevaux de la plus grande beauté, et une foule de valets couverts de riches livrées et armés de longues cannes à pommes d'or ou d'argent.

Certains quartiers, dans le Nord-Est et le Sud, sont, en raison du bon marché des loyers, principalement habités par des ouvriers, des filles publiques et cette tourbe d'hommes sans aveu que le manque d'ouvrage et les vices de toutes sortes livrent au vagabondage, ou que la misère et la faim forcent à devenir mendiants, voleurs, assassins.

Le contraste que présentent les trois divisions de cette ville est celui que la civilisation offre dans toutes les grandes capitales ; mais il est plus heurté à Londres que nulle autre part. On passe de cette active population de la Cité qui a pour unique mobile le désir du gain à cette aristocratie hautaine, méprisante, qui vient à Londres deux mois chaque année, pour échapper à son ennui et faire étalage d'un luxe effréné, ou pour y jouir du sentiment de sa grandeur par le spectacle de la misère du peuple !... Dans les lieux où habite le pauvre, on rencontre des masses

1. L'ouest de la ville était traditionnellement le lieu de résidence de l'aristocratie.

d'ouvriers maigres, pâles, et dont les enfants, sales et déguenillés, ont des mines piteuses ; puis des essaims de prostituées à la démarche éhontée, aux regards lubriques, et ces brigades d'hommes voleurs de profession ; enfin, ces troupes d'enfants qui, comme des oiseaux de proie, sortent chaque soir de leurs tanières pour s'élancer sur la ville, où ils pillent sans crainte, se livrent au crime, assurés de se dérober aux poursuites de la police qui est insuffisante pour les atteindre dans cette immense étendue[a].

a) Dès l'âge de six à huit ans, les enfants pauvres sont envoyés par leurs parents à travers la ville, avec injonction de ne rentrer à la maison qu'avec une certaine somme d'argent, ou une certaine quantité de provisions. Ils mendient, vendent des allumettes, du ruban, du sable, et beaucoup ajoutent de bonne heure le larcin à leur vagabonde industrie.

« De douze à quatorze ans, ceux qui ont plus le penchant au mal, ceux que des parents criminels sollicitent à le commettre par leurs paroles et leurs exemples, entrent pour jamais dans la carrière du vol et de la prostitution » (*Rapport sur les jeunes délinquants*, par M. Beaver).

# *Du climat de Londres*

*À Londres, il y a huit mois d'hiver et quatre mois de mauvais temps.*

(Un touriste)

*Jamais un fruit mûr, cueilli dans un jardin anglais, n'a paru sur la table de son propriétaire. [...]*

*L'herbe des prairies se coupe verte, les blés se récoltent verts : point de moissons dorées, tout se dessèche après la coupe. Aucune plante, aucune graine n'arrive à son point de perfection, malgré les apparences de la plus belle végétation. Il faut renouveler, chaque année, les espèces, et tirer les graines du continent, si l'on veut éviter la dégénération. Le blé lui-même ne l'éviterait pas, si les fermiers ne prenaient leurs semences dans les blés de la Baltique. La Suède fournit la graine de navet ; la Russie celle du chanvre ; la France celles du sainfoin, de la luzerne, du trèfle, du haricot, du pois, de la fève, etc. ; la Hollande et les Pays-Bas fournissent toutes les autres plantes potagères.*

Le maréchal de camp PILLET,
*L'Angleterre vue à Londres*
*et dans ses provinces*[1]

1. René-Martin Pillet avait publié *L'Angleterre vue à Londres et dans ses provinces pendant un séjour de dix années* en 1815.

Les différences morales peuvent s'expliquer par la diversité des climats. Dans le Midi, la vivacité des aperçus, le brillant éclat de l'imagination, c'est une vie rapide, interrompue par de longs moments de rêverie ou de vague. Dans le Nord, les perceptions des sens n'arrivent qu'une à une à l'intelligence ; l'investigation est calme, ne néglige rien, et l'action lente, monotone, a plus de constance ; mais, du nègre au Lapon, l'échelle est graduée : en allant vers le nord, l'empire des besoins s'accroît, les peines et les récompenses corporelles deviennent presque les seuls mobiles de l'homme, tandis qu'au midi la nature, prodigue, laisse à l'âme la jouissance d'elle-même ; aussi le sentiment des biens et des maux de ce monde est-il moins vif et les peuples sont-ils plus accessibles que dans le Nord à l'influence des pensées mystiques.

Aux vapeurs de l'Océan, qui voilent constamment les Îles britanniques, se joint, dans les villes anglaises, l'atmosphère lourde, méphitique, de l'antre des cyclopes. Les forêts n'alimentent plus le foyer domestique, c'est le combustible de l'enfer, arraché des entrailles de la terre, qui en tient lieu ; il brûle partout, nourrit d'innombrables fournaises, se substitue sur les chemins aux chevaux, et aux vents sur les rivières et les mers qui baignent cet empire.

À cette énorme masse de fumée surchargée de suie, qu'exhalent les milliers de cheminées de la ville monstre, se réunit un brouillard épais, et le nuage noir dont Londres est enveloppé ne laisse pénétrer qu'un jour terne et répand sur les objets comme un voile funèbre.

À Londres, on respire la tristesse ; elle est dans l'air, elle entre par tous les pores. Ah ! rien de plus lugubre, de plus spasmodique, que l'aspect de cette ville par un jour de brouillard, de pluie ou de froid noir ! Quand on est atteint par cette influence, la tête est douloureuse et pesante, l'estomac a peine à fonctionner, la respiration devient difficile par défaut d'air pur, l'on éprouve une lassitude accablante ; alors on est saisi par ce que les Anglais appellent le *spleen*[1] ! On ressent un désespoir profond, une douleur immense, sans pouvoir en dire la cause ; une haine acariâtre pour ceux qu'on aimait le mieux ; enfin un dégoût pour tout et un désir irrésistible de se suicider. Ces jours-là, Londres a une physionomie effrayante ! On s'imagine errer dans la nécropole du monde, on en respire l'air sépulcral, le jour est blafard, le froid humide ; et ces longues files de maisons uniformes, à la teinte sombre, entourées de grilles noires, aux petites croisées à guillotine, paraissent deux rangées de tombeaux se prolongeant à l'infini, et au milieu desquelles se promènent des cadavres attendant l'heure de leur sépulture.

Dans ces jours néfastes, l'Anglais, sous l'influence de son climat, est brutal avec tous ceux qui l'approchent ; il est heurté et heurte sans recevoir ni donner d'excuse ; un pauvre vieillard tombe d'inanition dans la rue, il ne s'arrête pas pour le secourir ; il va à ses affaires, peu lui importe le reste ; il se hâte d'en finir avec sa tâche du jour, non pour se rendre dans son intérieur, où il n'aurait rien à dire à sa femme ou à ses enfants, mais afin d'aller à son *club*, où il dînera très bien et tout seul, car parler est pour lui une fatigue ; puis il s'enivrera et oubliera, dans le sommeil

1. Le mot, qui au départ désigne la rate, organe traditionnellement associé à « l'humeur noire », puis un état dépressif sans cause apparente, est enregistré en français en 1745. Le mouvement romantique en fera l'un de ses leitmotive.

de l'ivresse, le pesant ennui et les peines de la journée. Beaucoup de femmes ont recours au même moyen. Ce qui importe avant tout, c'est d'oublier *qu'on existe*; l'Anglais n'est pas plus ivrogne de nature que l'Espagnol, qui ne boit que de l'eau ; mais le climat de Londres ferait de l'Espagnol le plus sobre un ivrogne.

L'été, à Londres, n'est guère plus agréable que l'hiver ; la fréquence des pluies froides, la nature lourde d'une atmosphère surchargée d'électricité, cette continuelle variation de température provoque des rhumes, des coliques, des maux de tête, en sorte qu'il y a au moins autant de malades en été qu'en hiver.

Le climat de Londres a quelque chose de si irritant qu'il est beaucoup d'Anglais qui ne peuvent s'y habituer ; aussi est-ce le sujet permanent des plaintes et des malédictions.

## *Du caractère des Londoniens*

> *Il faut qu'il y ait un vice quelconque dans le caractère, dans l'organisation domestique, dans les habitudes des Anglais; car ils ne se trouvent bien nulle part : ils paraissent tourmentés par un besoin de locomotion qui les pousse de la ville à la campagne, de leur pays dans celui des autres, de l'intérieur des terres sur les bords de la mer. Peu leur importe comment ils y seront, pourvu que demain ils ne soient plus où ils sont aujourd'hui. Cette variété, cette distraction que les autres peuples demandent à leur imagination, c'est dans un déplacement physique qu'ils les cherchent. Quand ils ne savent plus où aller sur la terre, ils s'enferment dans les étroites parois d'un yacht, et les voilà s'exposant aux inconvénients, aux dangers de la mer, voguant sans but, sans terme fixe, sans perspective de jouissances présentes, sans rien qui promette des souvenirs, sans autre plaisir que la fin de celui qu'ils prétendent goûter. Cette manie n'est pas particulière à des individus; elle appartient à un grand nombre de familles de toutes classes, de toutes positions, de toutes fortunes.*
>
> Baron d'HAUSSEZ,
> *La Grande-Bretagne*
> *en mille huit cent trente-trois*

Il existe une si grande différence entre le climat d'Angleterre, de Londres particulièrement, et celui des pays du continent situés sous les mêmes parallèles que, désirant parler du caractère des Londoniens, j'ai dû remarquer les effets qui sont propres à leur climat. Je n'ai point l'intention d'analyser les nombreuses et diverses influences qui modifient l'individualité humaine, d'examiner le degré d'action que peuvent avoir le climat, l'éducation, la nourriture, les mœurs, la religion, le gouvernement, les professions, la richesse, la misère, les événements de la vie qui font que tel peuple est grave, enflé d'héroïsme et d'orgueil, et tel autre bouffon, passionné pour les arts et les jouissances de la vie ; qui rendent les Parisiens gais, communicatifs, francs et braves, et les Londoniens sérieux, insociables, défiants et craintifs, fuyant comme des lièvres devant des *policemen* armés d'un petit bâton ; de rechercher pourquoi tel opulent membre parlementaire est vénal, et tel poète ou artiste non éligible est incorruptible ; pourquoi les riches sont si insolents et les pauvres si humbles, les uns si durs et les autres si vils. Ce serait là une longue étude à laquelle la vie de plusieurs philosophes allemands ne suffirait pas. Je me bornerai donc à esquisser à grands traits le caractère général des habitants de Londres, sans prétendre toutefois à l'universalité du type. Nécessairement beaucoup doivent s'en écarter. L'homme de génie est partout un être à part, qui tient plus de la nature de son organisation que des influences extérieures. Je laisse ainsi un champ vaste aux exceptions, et je ne trace que cette physionomie banale que la ville monstre imprime comme son cachet sur ceux qui vivent dans son sein.

Le Londonien est très peu hospitalier. La cherté de la vie, le ton cérémonieux qui règle toutes les relations s'opposent à ce qu'il le soit. D'ailleurs, il est trop occupé de ses affaires, il ne lui reste pas assez de temps pour fêter ses amis ; il ne fait donc d'invitation, ne montre de politesse que par des motifs d'intérêt; il est ponctuel dans ses relations d'affaires : l'extrême longueur des distances en impose la rigoureuse nécessité; le Londonien se croirait perdu dans l'esprit public s'il arrivait *deux minutes* après l'heure fixée pour le rendez-vous. Il est lent à prendre une résolution, parce qu'il calcule les chances diverses qu'elle peut offrir; c'est chez lui prudence et non hésitation, car, plus qu'aux Anglais des autres ports de mer, les grandes affaires lui plaisent; on peut même dire qu'il est un joueur en affaires. Quand il s'est décidé, il se montre franc et ses procédés sont larges; on rencontre presque toujours plus de facilités et d'aide chez lui qu'il ne s'y était engagé. Il pousse la constance dans ses entreprises jusqu'à l'entêtement; il tient à cœur d'achever ce qu'il a commencé, et ni les pertes d'argent, ni celles de temps, ni aucun obstacle ne sauraient le rebuter[a]. Dans ses relations de famille, il est froid, cérémonieux, exige beaucoup d'égards, de respect et de considération et se fait un devoir de rendre ces mêmes égards, respect et considération. Avec ses amis il est très circonspect, défiant même; toutefois, il se gêne beaucoup pour leur être agréable, mais il porte rarement l'amitié jusqu'à les obliger de sa bourse. Avec les étrangers il affiche une modestie qu'il n'a pas, ou prend des airs superbes, ce qui est passablement ridicule. Avec ses supérieurs il est souple, flatteur, et pousse l'adulation jusqu'à la bassesse envers ceux dont il espère. Pour ses inférieurs il est brutal, insolent, dur, inhumain.

Le Londonien n'a pas d'opinion à lui, pas de goût

a) Dans la construction du pont de Waterloo, les actionnaires ont répondu à trois appels de fonds et ne reçoivent pas au-delà de 2 % des derniers versements pour tout dividende. Les accidents survenus au tunnel n'ont pas non plus lassé les actionnaires.

qui lui soit propre : ses opinions sont celles de la majorité *fashionable*[1], ses goûts ceux établis par la mode.

Cette servile observation de la mode est générale parmi la nation ; il n'est point de peuple en Europe où la mode, l'étiquette et les préjugés de toute nature se fassent obéir avec autant de tyrannie. La vie, en Angleterre, s'encadre dans mille règles puériles, absurdes, comme celles des monastères, et gênantes à l'excès ; s'il vous arrive de les enfreindre, tous en masse se tiennent pour offensés ! Le téméraire est banni de la société, excommunié à jamais ! Cette violente animosité contre quiconque veut conserver les traits de son individualité doit faire supposer que l'envie, cette mauvaise passion du cœur humain, est portée plus loin en Angleterre que nulle autre part. La très grande majorité est partout bien au-dessous du médiocre : elle hait ceux qui la priment, qui lui donnent la conscience de sa nullité ; aussi irrite-t-on la susceptibilité anglaise aussitôt qu'on s'écarte de la ligne tracée. L'empreinte prise par le daguerréotype[2] du public de Regent Street, de Hyde Park, serait remarquable par ces expressions factices, cet esclavage du maintien que représentent grossièrement les peintures chinoises.

Le Londonien professe le plus grand respect pour la chose établie et se montre religieux observateur des règles que l'usage a consacrées ; il obéit aussi à toutes les exigences des préjugés de société et de

1. Le mot anglais était alors en usage, employé comme substantif ou comme adjectif. Son utilisation s'observe notamment chez Balzac, dans ses portraits de jeunes Parisiens mis avec la dernière élégance.

2. Le procédé fait suite à l'invention de la photographie et doit son nom à Jacques Daguerre (1787-1851). Les temps de pose étant fort longs, les daguerréotypes réalisés à partir de 1838 donnaient aux personnages un air particulièrement raide et artificiel.

secte, et, quoiqu'il arrive souvent que sa raison se révolte, il se soumet en silence et se laisse garrotter par des liens qu'il n'a pas assez de force morale pour rompre.

Ses sentiments de haine contre les étrangers, particulièrement contre les Français [1], fomentés avec tant de soin dans les masses par l'aristocratie, s'effacent chaque jour en dépit des efforts du torysme [2] pour les y maintenir. Il est aussi du bon ton, parmi les Londoniens, d'en paraître exempt, sous peine d'être pris pour un *John Bull* de la Cité ; cependant, soit rivalité commerciale, soit envie, ils sont jaloux des Français. Leur haine se décèle à chaque parole avec une intensité qu'augmentent encore les soins qu'ils prennent de la dissimuler.

La passion dominante du Londonien, c'est le luxe : être bien vêtu, bien logé, avec un train de maison qui le mette sur un pied *respectable* est le rêve de toute sa vie, le but de toute son ambition. À côté de cette passion, il s'en rencontre une autre dont les proportions sont gigantesques : c'est l'orgueil ! à laquelle il sacrifie tout, affection, fortune, avenir.

Le Londonien ne vit guère de la vie du cœur ; chez lui l'orgueil, la vanité, l'ostentation tiennent trop de place. Habituellement il est triste, silencieux et s'en-

1. Flora Tristan reviendra sur cette idée au chapitre XIV, intitulé « Waterloo et Napoléon ». Si les sympathisants à l'égard des idées révolutionnaires, puis de Bonaparte, avaient été nombreux, si le nombre d'admirateurs de la culture française demeurait important, en particulier dans l'aristocratie, les milieux populaires et les conservateurs se posaient volontiers en revanche en ennemis de la France.

2. Deux partis aux contours fluctuants, l'un conservateur, *tory*, l'autre progressiste, artisan de la révolution de 1688 contre l'autorité royale, *whig*, se partageaient alors la vie politique et le débat d'idées. Les *tories*, parmi lesquels Robert Peel et le duc de Wellington, avaient abandonné le pouvoir au profit des *whigs*, libéraux, en 1830.

nuie beaucoup ; les affaires n'excitent son intérêt que par la grandeur des risques et des résultats ; il cherche continuellement à se distraire, et quoiqu'il ne ménage rien, rarement il y réussit. Lorsque sa profession et sa position de fortune n'y opposent point un insurmontable obstacle, il voyage sans cesse, traînant toujours à sa suite cet ennui profond qui laisse si rarement pénétrer un rayon de soleil dans son âme. Cependant, il arrive quelquefois que cet être, qu'on suppose uniquement destiné à constater les ennuis de la race humaine — *to be the recorder of human distresses* —, sorte de sa taciturnité ; alors il passe à l'extrême opposé : ce sont de bruyants éclats de rire, des cris sauvages, des chants burlesques, et c'est par des bonds et des sauts que se manifeste cette gaieté accidentelle. Ce contraste produit une impression pénible.

À voir le confort élégant dont le Londonien riche jouit, on pourrait croire qu'il est heureux ; mais, si l'on veut se donner la peine d'étudier l'expression de sa physionomie, on reconnaît à ses traits, qui portent l'empreinte de l'ennui et de la lassitude, à ses yeux, où la vie de l'âme est éteinte et la souffrance du corps manifeste, que non seulement il n'est point heureux, mais qu'il est placé dans des conditions qui lui interdisent d'aspirer au bonheur.

# *Les étrangers à Londres*

LE BARON DE WORMSPIRE : *Vous hésitez ?... il suffira de nous faire connaître... je suis le baron de...*

ROBERT MACAIRE : *Descendant du fameux...*

LE BARON DE WORMSPIRE : *Précisément.*

ROBERT MACAIRE : *L'histoire en parle beaucoup.*

LE BARON DE WORMSPIRE : *Je suis, en outre, général de brigade... nommé dans le temps... par le grand homme !... C'est un titre, monsieur.*

ROBERT MACAIRE : *Cela me décide tout à fait...*

LE BARON DE WORMSPIRE : *Allons, cher gendre, trêve à ces compliments : nous autres de la Grande Armée, nous n'y mettons pas tant de façons ; nous sommes ronds en manières.*

ROBERT MACAIRE : *Oh ! je suis fou de ce caractère : la franchise, la bonne foi, ça me va*[1] *!*

Londres, par son commerce et ses grandes richesses, attire un grand nombre d'étrangers,

1. Flora Tristan cite *Robert Macaire* (1835), drame burlesque que l'on doit à Antier, Saint-Amant et Frédéric Lemaître. Le personnage de Robert Macaire avait été mis à la mode par le mélodrame de Benjamin Antier, Armand Lacoste et Alexis Chaprier, *L'Auberge des Adrets* (1823) qui avait connu un succès considérable grâce à l'interprétation de Frédéric Lemaître. Il représentait le type de l'opportuniste adroit, toujours prêt à se trouver de l'avis de son interlocuteur, et sera ensuite décliné dans toutes sortes de productions.

presque tous industriels : les uns appartiennent au commerce et les autres à l'intrigue.

On m'a assuré que plus de quinze mille Français habitent Londres[1] ; les Allemands et les Italiens y sont aussi en grand nombre ; depuis les derniers événements, les Espagnols et les Polonais y affluent : il me serait impossible de préciser le chiffre de chacune de ces émigrations. N'ayant aucune donnée à cet égard, je ne parle pas des autres nations, qui ont toutes leurs représentants dans la ville monstre ; mais il est à remarquer que jamais, en Angleterre, le peuple n'a désigné l'étranger, de quelque partie du continent qu'il fût, que par l'épithète de *Français (Frenchman).* En Orient, également, tous les Européens sont appelés *Francs,* comme si le nom de *Français,* ou d'homme libre, dût être un jour adopté par toute l'Europe.

À l'exception des réfugiés, tous ces étrangers sont venus *pour affaires* : parmi eux se trouvent un grand nombre d'ouvriers de divers métiers, honnêtes gens qui travaillent laborieusement pour nourrir leur famille ; puis ce sont des négociants attachés aux théâtres, des professeurs voués à l'enseignement, des médecins, le corps diplomatique, et enfin une masse flottante de voyageurs qui ne séjournent dans le pays qu'un mois ou deux. Quant à ceux qui sont *établis* ou *housekeepers* (maîtres de maison[2]), l'Anglais le plus ombrageux ne saurait élever aucun doute sur leur *respectabilité,* ils jouissent donc de l'estime qui leur est due ; il en est de même des voyageurs dont le séjour en Angleterre est motivé aux yeux de tous.

1. En réalité, d'après François Bédarida, la population française de Londres atteindra un peu moins de 6 000 personnes en 1851.

2. À l'époque, *housekeeper* est synonyme de *householder* (qui désigne aujourd'hui une gouvernante de maison).

Les étrangers sans capitaux ou crédit pour faire du commerce, et qui n'exercent ni profession ni métier, ont, comme les autres, besoin de vivre, et, sans contredit, ce sont ceux qui, pour atteindre ce but, déploient la plus grande fécondité d'imagination. Rien de plus ridicule, de plus comique, que les moyens qu'ils emploient pour s'introduire dans les sociétés anglaises ; ayant bientôt découvert la haute importance que non seulement l'aristocratie et la haute finance, mais encore la bourgeoisie et jusqu'aux plus petits boutiquiers, attachent aux *titres*, vite ils se parent, sans cérémonie, des titres de *baron, marquis, comte, duc, colonel, général, etc.* ; ils ornent leur boutonnière de la *croix d'Honneur* ou de *Saint-Louis* ; et, bien qu'en Angleterre les décorations ne se portent qu'à la cour, les Anglais sont charmés de recevoir chez eux le *chevalier de la Légion d'Honneur.* La croix d'Honneur est encore à leurs yeux le signe de la respectabilité. Hélas ! ils ignorent qu'elle a trouvé son Golgotha sur la poitrine des mouchards !

Il est plaisant de voir un commis voyageur, un garçon coiffeur, ou tout autre individu sans la moindre éducation, signer des plus beaux noms de France avec un aplomb et une aisance qui peuvent faire croire qu'il s'est toujours appelé le *chevalier de Choiseul* ou le *vicomte de Montmorency.* Tous ceux qui sont vieux ont été au moins *maréchaux de camp dans la Grande Armée et décorés par le grand homme* ! Les jeunes sont invariablement *carlistes*[1] ; ils étaient au moins *colonels* sous

1. Sympathisants de Charles X (1757-1836), roi de France à partir de 1824. Les positions conservatrices de ce dernier conduisirent à la révolution de juillet 1830. L'un des premiers à quitter le pays en 1789, le futur Charles X avait, après un bref retour en Vendée, passé son temps d'émigration en Angleterre.

Charles X, et ils ne veulent pas habiter la France parce que leur roi en a été chassé.

Enfin, à Londres, la manie des titres est poussée si loin que les *femmes entretenues*, et même les *filles publiques*, s'en servent comme *moyens de succès* : ces dames se font appeler Madame la marquise de ***, Madame la baronne de ***, madame la comtesse de *** ; elles font usage, sans façon, des armes de la famille dont elles ont pris le nom et le titre ; scellent leurs billets doux avec un de ces magnifiques cachets à la forme antique, au riche blason ; leur linge et leur argenterie sont marqués au chiffre de *leur maison* ; enfin leurs laquais, quand elles en ont (ce qui est fort rare), portent une livrée féodale. On conçoit que dans un pays où l'*apparence est tout* une prostituée, ainsi affublée de l'enveloppe aristocratique, doit jouer un certain rôle... et parfois faire fortune. Les Françaises sont fines, et, vivant dans le pays classique de l'*annonce* et de la *réclame*, elles en apprennent bien vite les formes. Vous entendrez des Anglais dire, en vous parlant d'une femme galante : « Oh ! c'est une dame d'une très bonne famille : elle est nièce du comte de La Rochefoucauld », ou « elle est alliée à la famille de M. de Broglie », etc. Il n'y a qu'un Anglais au monde pour croire à de pareilles *blagues* !

J'ai vu là une *collection* de barons, comtes et marquis vraiment curieuse ! Beaucoup d'entre eux sont soupçonnés d'être aux gages du gouvernement français, la police faisant, dit-on, surveiller les démarches des réfugiés républicains à Londres [1] ; les autres sont

1. Londres avait été et demeurait le lieu d'exil de toutes sortes d'opposants politiques, conservateurs aussi bien que républicains. La police française était en effet renseignée sur leurs agissements.

de *fashionable gentlemen*, qui tout bonnement cherchent à vivre…

Ces nobles seigneurs parlent de leurs hauts faits d'armes, font la cour à la fille de la maison, chantent la romance nouvelle, et en même temps cherchent à engrener le père dans une *affaire*. Presque tous ces messieurs possèdent des *secrets* de la plus haute importance pour l'industrie !… Celui-ci métamorphose en tabac *n'importe quelle espèce de feuilles* ; celui-là fabrique du papier superbe avec une pâte *inconnue*, qui ne coûte *presque rien* ; enfin un plus audacieux se présente hardiment, et dit : « Messieurs les Anglais, jusqu'ici vous avez employé, pour obtenir le gaz, les moyens les plus dispendieux ; moi, j'ai été assez heureux pour découvrir de nouveaux procédés qui donneraient à des actionnaires *500 % de bénéfice* ! Je fais du gaz avec *rien* !!! un peu de *terre* et de *l'air*, voilà tout[a]. » Puis c'est le *filtre monstre* pour donner de l'eau clarifiée à toute la ville de Londres. Voici de la bière excellente où il n'entre ni *houblon* ni *orge*. Ceux-ci veulent affranchir les Anglais du droit énorme que leur gouvernement, dans son amour pour la liberté commerciale, a mis sur les vins. Ils fabriquent des *vins de Bordeaux* et *de Champagne* à des prix si modérés que le peuple même en pourra boire. Ils font sans vin du vinaigre aussi bon que celui de Bordeaux, et de l'eau-de-vie qui le dispute au cognac. Je n'en finirais pas, si je voulais énumérer les merveilles sans nombre des *secrets* de ces messieurs.

Les Anglais sont forcés de reconnaître qu'en France il se fait beaucoup plus de découvertes que

a) C'est absolument tel que je le raconte. Un Français s'est fait donner, pendant *deux ans, une guinée par jour*, promettant toujours aux actionnaires qu'il ferait du gaz avec *rien*. C'est le tour de charlatan le plus original que j'aie vu jouer en Angleterre, mais il perd beaucoup à être écrit : il faut, pour en jouir complètement, entendre le narré mimique de l'auteur même du *gaz-erre-air*.

chez eux [1]. L'imagination française a fréquemment fourni à l'Angleterre des moyens de fortune ; sans remonter bien haut, on peut remarquer que la machine à draguer a été inventée, en l'an VII, par un ingénieur français résidant à Saint-Germain ; le procédé pour la fabrication du papier continu est de Didot, et le système de filature pour le lin est de Girard. Toutes ces inventions ont été perfectionnées et appliquées en Angleterre, d'où nous les avons *reprises*. Les Anglais ont une telle ténacité qu'ils font réussir, par des améliorations successives, telle invention dont le principe fécond resterait inerte en France. Les machines de Girard y languissaient depuis plusieurs années, lorsque les Anglais les adoptèrent, et bientôt, après quelques améliorations, la filature du lin, en Angleterre, a pris un tel développement qu'elle est à la veille de ruiner notre industrie *linière*, par l'absurde concession de notre gouvernement envers un gouvernement qui ne concède rien et cherche toujours à faire des dupes.

Ensuite, les Anglais sont assez généralement disposés à prêter attention aux découvertes que des Français prétendent avoir faites, parce que tous les jours il leur vient de France de nouveaux procédés chimiques et mécaniques, et des artistes qui aident leurs manufactures à soutenir la redoutable concurrence continentale. Cette disposition, aussi honorable que bienveillante en notre faveur, est malheureusement exploitée par des charlatans, dont les manœuvres font accuser les Français de mauvaise foi et de frauduleuses intrigues, nuisent aux véritables inventeurs, sont cause que les esprits entreprenants n'osent se livrer à de nouvelles tentatives, et par là ralentissent le progrès.

1. L'affirmation ne paraît pas fondée.

D'ingénieuses découvertes font souvent espérer des résultats que ne réalisent point les premières expériences, sans que la bonne foi du véritable inventeur puisse être en rien suspectée ; de cet inventeur, de ce missionnaire de la Providence au charlatan, il existe autant de distance que de Rossini à un tambour, du style de Walter Scott au *puff* de la réclame du libraire [1]. Si donc *John Bull* se laisse attraper, c'est qu'il lui arrive maintes fois d'avoir trop de confiance en lui-même ; le charlatan ne saurait abuser l'homme instruit dans la science à laquelle la prétendue découverte se rattache. *John Bull* se décide sans consulter personne, parce qu'on a eu l'adresse de lui persuader qu'il en sait assez pour juger par lui-même ; il a trois mobiles tellement en saillie qu'ils ne peuvent échapper à l'observateur : l'orgueil, la cupidité, la gourmandise. Les intrigants dont je viens de parler, n'ayant pas d'artistes culinaires à leurs ordres, ne peuvent se servir du dernier moteur ; mais ils manient très habilement les deux premiers ; et lorsque *John Bull* est exploité il jette feu et flamme contre ces *coquins de Français* ! Dans sa stupide colère, il englobe toute la nation, la traite de *canaille*, etc. ; car l'argent de *John Bull* est toujours si honorablement gagné que c'est véritablement un crime qui crie vengeance devant Dieu que de lui en faire perdre la moindre partie ! Les plaintes des victimes ressemblent assez à celles du « corbeau sur un arbre perché ».

Si *John Bull* n'attachait aucune valeur aux *titres* et *décorations*, il ne donnerait jamais sa fille, avec une

1. Flora Tristan consacre quelques pages de la section « Crayonnages » à ce phénomène. Richard Sheridan (1751-1816) avait le premier fait un long éloge du *puff* dans *The Critic* (Acte I, sc. II). Louange hyperbolique, publicité extravagante, le *puff* avait été épinglé par Stendhal, journaliste pour la presse anglaise sous la Restauration.

riche dot, à un intrigant revêtu de titres vrais ou faux, et portant à la boutonnière des rubans de diverses couleurs. Les *gentlemen* qui ont fréquenté la France ne s'y laissent point prendre ; ils savent très bien que la noblesse française ne ressemble en rien *aux soi-disant nobles* qui battent le pavé de Londres.

Ces considérations m'ont déterminée à écrire ce chapitre *des étrangers à Londres.* J'ai désiré apprendre aux Anglais à nous connaître ; à ne pas être *dupes* de grossières apparences ; à distinguer le savant du charlatan, l'homme véritablement noble de l'intrigant, le duc de son valet, la duchesse de sa soubrette. Je voudrais que *John Bull* n'exhalât jamais de ces plaintes absurdes, et que, dans son irritation, il n'injuriât pas toute la nation, lorsqu'il ne doit s'en prendre qu'à *lui-même*[a].

a) Dans la première édition, ce chapitre avait beaucoup plus d'étendue. J'y parlais du prince Louis-Napoléon Bonaparte et de son entourage. On se rappelle que M. Louis Bonaparte, en 1840, se posait à Londres comme un *prétendant*; il se faisait appeler *Altesse*, avait une *cour*; en un mot, il tranchait du personnage, et jouait un rôle ridicule. On sait qu'il avait créé, à Paris, *Le Capitole* pour être son organe et lui gagner des partisans. La burlesque équipée de Boulogne, qui eut lieu vingt jours après la publication de mon ouvrage, prouva que j'avais bien jugé cet aspirant à la royauté et cette foule de gens qui flattaient sa folie parce qu'ils en vivaient.

Les napoléoniens, qui voulaient à toute force, dans leur amour pour le défunt empereur, le voir revivre dans son neveu, m'ont accusée d'avoir méchamment fait une charge grotesque de leur prince. Il semble que sa descente sur la côte, son attaque de la ville de Boulogne à la tête de ses preux, son procès, et enfin les diverses lettres écrites de sa propre main, depuis qu'il est prisonnier à Ham, attestent pleinement que je n'ai fait que copier la nature, qui avait jeté le héros de Boulogne dans le même monde que le héros de Cervantès[1].

1. Louis-Napoléon Bonaparte (1808-1873) avait mené à Londres une existence confortable tout en suivant de près la vie politique française. En août 1840, dans le but de renverser Louis-Philippe, il avait tenté un débarquement à Boulogne qui avait échoué et avait été tourné en dérision. Arrêté, condamné, le neveu de Napoléon sera emprisonné au fort de Ham d'où il s'échappera en 1846. Il sera élu président de la IIe République en décembre 1848 et obtiendra le pouvoir absolu par le coup d'État de décembre 1851.

## *Une visite aux Chambres du Parlement*

> *Les députés se présentent dans le costume le plus négligé : en redingote, en bottes, le chapeau sur la tête, un parapluie sous le bras. Ils prêtent peu d'attention à la plupart des discours.*
>
> Baron d'HAUSSEZ,
> *La Grande-Bretagne en mille huit cent trente-trois*

En France, les libertés existent longtemps dans les mœurs avant de s'introduire dans les lois. Napoléon et la Restauration ont en vain abrogé les lois qui avaient commencé l'affranchissement de la femme [1] ; cette tyrannie a éveillé partout des résistances : la femme prouve que son intelligence marche de pair avec celle de l'homme, et l'opinion s'éclaire. En Angleterre, le développement intellectuel est sans

1. Allusion au Code civil de Napoléon (1804), qui avait placé la femme en position de mineure, et à la suppression du divorce en 1816. Les changements apportés à la condition des femmes au début de la Révolution, dont le droit au divorce voté en 1792, leur participation aux débats politiques (jusqu'en 1793), la publication de textes tels que *Cahier des doléances et réclamations des femmes* (1789) ou la *Déclaration des droits de la femme et de la citoyenne* (1791) d'Olympe de Gouges avaient ainsi été balayés, justifiant la création des premières associations féministes d'inspiration saint-simonienne.

influence pour étendre la sphère de la liberté ; la liberté n'y a jamais fait un pas qu'appuyée sur la révolte, et, tandis que les femmes auteurs éclairent l'horizon britannique de vives lumières [1], non seulement les lois et les préjugés font peser sur les femmes le plus atroce esclavage, mais encore la Chambre des Communes, elle qui prétend représenter la nation *entière*, sinon réellement, du moins d'une manière fictive, cette assemblée qui reçoit à genoux les ordres d'une reine pousse l'inconséquence jusqu'à *refuser aux femmes* le droit d'assister à ses séances [2].

Dans ce pays si libre, s'il faut ajouter quelque valeur aux bavardages parlementaires et aux phrases des journalistes, dans ce pays qui se dit libre, la moitié de la nation n'est pas seulement privée des droits civils et politiques, elle est de plus, en diverses circonstances, traitée en esclave : la femme peut être *vendue* sur le marché, et l'Assemblée législative lui *refuse l'entrée* dans son sein. Ô honte ! Honte sur une société qui persiste dans ces usages barbares ! N'est-elle pas vraiment d'un orgueil ridicule, cette société anglaise qui prétend imposer partout ses principes de liberté ! Eh ! quel est donc le pays plus asservi que l'Angleterre ? Le serf russe n'est-il pas plus heureux que le paysan irlandais, que l'ilote des manufactures ? Dans quel lieu de la terre la femme n'a-t-elle pas plus de liberté que dans les Îles britanniques ?

La défense d'assister aux séances des honorables provoqua en moi l'envie d'y pénétrer ; je voyais fréquemment un membre du Parlement, *tory* de parti,

1. Voir, plus loin, dans le chapitre consacré aux femmes anglaises (p. 104 *sq.*), l'appréciation des femmes auteurs.

2. Pas plus qu'en France, les femmes n'étaient autorisées en Angleterre à pénétrer dans les lieux d'exercice du pouvoir. La pratique du déguisement ne semble pas avoir été exceptionnelle.

du reste raisonnable : il avait beaucoup voyagé et se piquait d'être exempt de préjugés. J'eus la simplicité de croire que sa conduite s'accordait avec ses paroles ; je lui proposai, comme chose toute naturelle, de me prêter des habits d'homme et de m'emmener avec lui à la séance. Ma proposition fit sur lui l'effet que faisait, au bon temps, l'eau bénite sur le démon ! Prêter des habits d'homme à une femme pour l'introduire dans le sanctuaire de la puissance mâle ! Oh ! quel abominable scandale ! quel dévergondage ! quel horrible blasphème !!! Mon ami le *tory* devint pâle d'effroi, rouge d'indignation, prit sa canne et son chapeau, se leva sans me regarder, et me déclara qu'il ne pouvait plus continuer à me voir. Ses derniers mots furent : « Malheur à celui qui scandalise ! » Je lui répondis par le verset suivant : « Malheur à celui qui se laisse scandaliser ! »

Cet incident me révéla l'omnipotence des préjugés en Angleterre ; cependant, je reconnus que les coryphées n'en sont pas dupes, c'est par hypocrisie que les hautes classes s'en imposent le joug ; et c'est ainsi que les dogmes religieux sont pour elles des instruments de domination.

Ce que femme veut, Dieu le veut : ce proverbe se vérifie si fréquemment qu'on doit y voir l'émancipation future de la femme. Ma résolution ne fut en rien ébranlée ; les obstacles ne se montrent à moi que comme un défi, et toujours ils augmentent ma persévérence. Je vis bien que je ne devais plus avoir recours à un membre du Parlement, quelle que fût sa couleur, ni même à un Anglais. Je m'adressai successivement à plusieurs messieurs attachés aux ambassades française, espagnole et allemande ; je rencontrai partout des refus, non par la raison que m'avait alléguée le *tory*, mais par la crainte de se compromettre en choquant l'opinion reçue. Enfin, chose étrange, je trouvai un Turc, personnage éminent, venu à Londres en mission, qui non seulement approuva mon projet, mais m'en facilita l'exécution : il m'offrit un costume complet, sa carte d'entrée, sa voiture et son aimable compagnie. Avec quelle reconnaissance j'acceptai ses offres !

Nous prîmes jour ; je me rendis à sa demeure avec un Français qui était dans la confidence, et je me revêtis d'un riche costume turc ; ces habits étaient beaucoup trop larges et trop longs pour moi, je m'y trouvais mal à l'aise ; mais qui veut la fin doit accepter les moyens.

Londres et ses édifices sont si bien éclairés qu'on y voit mieux la nuit que le jour. Je descends de voiture à la porte de la Chambre des Communes. Notre costume attire l'attention sur nous : tous nous regardent, nous suivent, et j'entends chuchoter autour de moi : *The young Turk appears to be a woman* (ce jeune Turc paraît être une femme). Comme en Angleterre tout est formalités minutieuses, l'huissier demande au véritable Turc sa carte d'admission, la prend pour la montrer à je ne sais qui, et nous fait attendre plus de dix minutes. Nous étions restés là au milieu d'un triple rang de curieux, hommes et femmes, qui venaient dans cette dernière antichambre jouir de l'intéressant spectacle de voir passer leurs représentants. Deux ou trois dames fixèrent leurs regards sur moi et répétèrent assez haut : *There's a woman in Turkish clothes* (voilà une femme en habits turcs) !

Mon cœur battait fort ; malgré moi je devenais toute rouge ; j'étais au supplice pendant cette longue attente, parce que j'appréhendais que la rumeur publique ne m'empêchât d'entrer. Cependant ma contenance imposait : je maîtrisai mon agitation et mon apparence était calme ; car telle est l'influence du costume qu'en mettant sur ma tête le bonnet turc j'avais pris cette gravité sérieuse habituelle aux musulmans.

Enfin l'huissier revint et nous dit que nous pouvions entrer.

Vite, nous nous élançâmes dans le petit escalier de gauche et prîmes place sur le dernier banc, afin de n'avoir personne derrière nous ; mais là notre costume devient l'objet de l'attention, et bientôt le bruit court par toute la salle que je suis une femme déguisée. J'appris, dans cette soirée, à connaître les hommes de la haute société anglaise plus que je ne l'aurais fait durant dix ans de séjour à Londres, dans une position ordinaire. Je ne saurais exprimer jusqu'à quel point ils poussèrent envers moi l'impolitesse, la grossièreté, je dirai même la brutalité.

Quoique le Turc et moi eussions, en apparence, la contenance calme comme de vrais Ottomans, il était facile de deviner toute la gêne et l'inquiétude que notre position devait nous donner. Eh bien ! sans nul égard pour ma qualité de femme et d'étrangère, et pour mon déguisement, tous ces *gentlemen* me lorgnaient, parlaient de moi entre eux et tout haut, venaient passer devant moi, me regardaient effrontément sous le nez, puis s'arrêtaient derrière nous dans le petit escalier, et, s'exprimant à haute voix, afin que nous puissions les entendre, ils disaient en français : « Pourquoi cette femme s'est-elle introduite dans la Chambre ? — Quel intérêt peut-elle avoir à assister à cette séance ? — Ce doit être une Française. — Elles sont habituées à ne rien respecter. — Mais, en vérité, c'est indécent ! — L'huissier devrait la faire sortir. » Puis ils allaient parler aux huissiers, et ceux-ci me regardaient ; d'autres couraient le dire à des membres de la Chambre, qui se dérangeaient de leur place pour venir me regarder. J'étais sur des épines ! Quel manque de convenance et d'hospitalité ! Mais je laisse là des souvenirs pénibles pour parler de la Chambre.

L'aspect de la salle est ce qu'il y a de plus mesquin, de plus bourgeois, de plus boutiquier : elle forme un carré long, est petite et très incommode ; le plafond est bas ; les galeries supérieures avancent et cachent en partie les bas-côtés ; les bancs sont en bois peint couleur de noyer. Cette salle n'a point de caractère qui annonce sa destination, elle ressemble à tout ce qu'on veut ; elle pourrait, dans un village, servir de chapelle et ne ferait pas disparate avec une réunion d'épiciers ; elle n'a de dignité ni dans l'architecture ni dans les décors. L'éclairage au gaz est d'une grande richesse, et c'est la seule chose dont on puisse faire l'éloge.

Les honorables s'étendent sur les bancs, en hommes fatigués et ennuyés ; plusieurs sont couchés entièrement et *dorment.* Cette société anglaise, qui se martyrise toujours par la stricte observation des règles de l'étiquette, qui attache une si haute importance à la toilette qu'elle ne s'exempte pas même à la campagne d'en faire trois par jour, ces Anglais si guindés, qui se formalisent pour le plus petit oubli, pour la moindre négligence, affichent à la Chambre un mépris complet pour tous les égards que les usages de la société imposent. C'est du bon ton parlementaire de se présenter à la séance tout crotté, le parapluie sous le bras, en costume de matin, d'arriver à cheval, d'entrer dans l'Assemblée avec des éperons, la cravache à la main et en habit de chasse.

Les êtres insignifiants, si nombreux dans les Chambres britanniques, espèrent ainsi faire croire à leurs grandes occupations ou à leurs fashionables amusements, et quoique, je le présume, aucun de ces messieurs ne se permît de visiter n'importe lequel de ses collègues en gardant le chapeau sur la tête, tous, dans l'Assemblée, affectent de le garder ; à la vérité, ils n'exigent pas plus de politesse des autres qu'ils n'en ont pour eux-mêmes ! Personne dans les tribunes n'ôte son chapeau. En France, on exige cette marque de déférence dans toutes les réunions publiques ; il faut croire qu'en Angleterre la Chambre des Communes pense n'y avoir aucun droit.

Lorsqu'un député parle, il ôte son chapeau, s'appuie sur sa canne ou son parapluie, met ses pouces dans son gilet ou dans les goussets de son pantalon. En général, les orateurs parlent très longuement ; ils sont habitués à ce qu'on ne leur prête aucune attention et paraissent eux-mêmes ne pas prendre un vif intérêt à ce qu'ils disent. Certes, il règne là un plus profond silence que dans notre Chambre des députés : la plupart des membres dorment ou lisent leurs journaux. Nous avions passé plus d'une heure dans la salle ; deux orateurs s'étaient succédé sans attirer aucune attention, et je commençais à être très fatiguée. Je n'entendais pas assez l'anglais pour suivre la discussion, et je l'aurais mieux compris que la voix monotone de ces figures de cire ne m'eût pas moins porté sur les nerfs. Nous nous disposions à aller à la Chambre des Lords lorsque O'Connell[1] se leva : à l'instant même, tout le monde s'éveilla de sa torpeur

1. Daniel O'Connell (1775-1847), homme politique irlandais, fondateur en 1823 de l'Association catholique, mouvement qui rencontra un succès considérable. Son élection à la Chambre, en principe impossible puisqu'il était catholique, avait obligé Wellington à accorder aux catholiques le *Bill of emancipation* en 1829. Il jouissait alors d'une immense popularité, ayant sensibilisé l'opinion internationale au sort de « la malheureuse Irlande ». Maire de Dublin, il devait demeurer fidèle à l'Angleterre mais, par son action, poser les prémices de l'indépendance de l'Irlande.

parlementaire ; les députés couchés se redressèrent en se frottant les yeux et se tinrent assis, la lecture des journaux fut interrompue et les chuchotements cessèrent. Ces figures pâles et froides laissèrent voir l'expression d'une vive attention.

O'Connell est un homme à l'encolure carrée, à la tournure commune ; sa figure est laide, toute ridée, rouge et bourgeonnée ; ses gestes sont brusques et ont quelque chose de trivial ; son costume est en harmonie avec sa personne ; il porte perruque et chapeau à larges bords. À le voir dans la rue, on le prendrait pour un cocher de fiacre endimanché ; mais, j'ai hâte de le dire, Dieu a renfermé sous cette enveloppe grossière un être plein de verve et de poésie ! Entre cet homme, qui marche dans la rue, et le tribun du peuple, il y a une immensité !...

L'orateur du peuple ne se distingue nullement du peuple par l'extérieur, et c'est peut-être une des causes de la puissance qu'il exerce ; car, dans cette société corrompue, l'élégance des manières rend suspectes la pureté de l'âme, la vérité des paroles. Lorsqu'il prend la défense du peuple ou qu'il parle au nom de sa foi religieuse, il est entraînant, sublime ! il fait frémir l'oppresseur !... Sa laideur disparaît, et sa physionomie impressionne comme ses paroles. Ses petits yeux lancent des éclairs, sa voix est animée, claire, sonore ; ses paroles sont bien accentuées, elles vont à l'âme et font naître les plus violentes comme les plus douces émotions ; au *meeting*, il provoque à la fois les larmes, la colère, l'enthousiasme et la révolte !!! Je ne connais rien de si miraculeux que cet homme. Si la reine Victoria s'appuyait sur un aussi puissant auxiliaire... si, sans égard aux distinctions religieuses, elle unissait d'un lien fraternel les prolétaires des trois royaumes, elle pourrait achever dans quelques années ce que Louis XI ne put accomplir dans tout son règne, et son peuple affranchi la bénirait ! Mais, pour réussir dans cette grande tâche, il faudrait qu'un élève de Machiavel occupât le trône !

Nous passâmes à la Chambre des Lords ; là aussi on devina mon sexe ; mais les manières de ces messieurs furent bien différentes de celles auxquelles j'avais été exposée dans la Chambre des délégués de la boutique et de la finance : on me regarda *de loin*, on chuchota en souriant ; mais je n'entendis aucun propos inconvenant ou impoli ; je vis bien que je me trouvais en présence de *véritables gentlemen*, indulgents pour les caprices des dames et se faisant même un point d'honneur de les respecter. La noblesse anglaise, toute hautaine qu'elle est, a une urbanité de manières, une politesse qu'on chercherait vainement dans les seigneurs de la finance ou dans aucune autre classe.

Comme nous entrions, le duc de Wellington[1] parlait ; son débit était froid, pâle, traînant : on l'écoutait avec une sorte de déférence, mais ses paroles ne produisaient aucun effet. Lord Brougham[2] débita deux ou trois plaisanteries bouffonnes qui provoquèrent les rires bruyants de leurs seigneuries.

1. Premier ministre de 1828 à 1830, Arthur Wellesley, duc de Wellington (1769-1852), était alors le leader de l'opposition conservatrice à la Chambre des Pairs. Il était surtout connu en France comme vainqueur de Napoléon à Waterloo et chef des armées d'occupation après 1815.

2. Henry, baron Brougham (1778-1868), homme politique associé aux grandes réformes libérales de l'époque, député *whig*. Célèbre pour ses excentricités, brillant orateur, il était aussi l'auteur de nombreux ouvrages. Il avait notamment participé à la création de l'*Edinburgh Review*, revue culturelle et politique qui devait assurer la diffusion des idées libérales en Grande-Bretagne mais aussi en France et en Italie (Stendhal en sera un lecteur enthousiaste sous la Restauration).

La salle des Lords ne vaut guère mieux que celle des Communes, elle est bâtie sur le même plan, architecture de maçon, sans ornement.

Messieurs les lords n'ont pas plus de tenue que les membres de la Chambre des Communes : ils gardent aussi le chapeau sur la tête ; mais là ce n'est pas vulgarité de manières, c'est orgueil de rang, et ils exigent que les assistants, dans les tribunes publiques, ou les personnes citées à leur barre, fussent-elles des membres de l'autre Chambre, soient découverts. Après que Lord Wellington eut fini de parler, il s'étendit sur son banc dans la position que vulgairement on nomme *les quatre fers en l'air*, c'est-à-dire que ses jambes reposaient sur le dos du banc supérieur, ce qui lui mettait la tête en bas ; cette posture était des plus grotesques.

Je sortis de ces deux Chambres fort peu édifiée du spectacle qu'elles m'avaient présenté, et très certainement plus scandalisée des habitudes de messieurs des Communes qu'ils ne l'avaient été de mon costume.

## *Ouvriers des manufactures*

*Alerte, alerte, alerte, enfants*
*De la grande patrie ;*
*Soldats de l'industrie,*
*Garde à vous ! à vos rangs !*
*Va, c'est en vain*
*Qu'en son dédain*
*L'oisif raille*
*De qui travaille ;*
*Toi seul es roi ;*
*Réveille-toi,*
*Producteur, impose ta loi.*
*Montre par la pratique,*
*Au siècle écrivailleur,*
*L'avenir pacifique*
*Qui s'ouvre pour le travailleur.*
*Alerte, alerte, alerte, etc.*

*Appel*
chanson par VINÇARD [1]
ouvrier et saint-simonien

*Les travailleurs sont aujourd'hui les* parias *de la société : il n'est jamais question d'eux dans le Parlement,*

1. Jules Vinçard (1796-1879), maçon parisien. Saint-simonien particulièrement actif, soucieux du sort des femmes prolétaires, il avait participé à la création d'un journal, *La Ruche populaire*, en 1838. Flora Tristan était en rapport épistolaire avec lui depuis 1840.

*à moins que ce ne soit pour proposer des mesures qui gênent leur liberté et entravent leurs plaisirs.*

*London and Westminster Review*[1]

L'esclavage se montre au début de toutes les sociétés ; les maux qu'il produit le rendent essentiellement transitoire, et sa durée est en raison inverse de sa rigueur. Si nos pères n'avaient pas eu plus d'humanité pour leurs serfs que les manufacturiers d'Angleterre n'en ont pour leurs ouvriers, la servitude n'eût pas duré tout le Moyen Âge. Le prolétariat anglais, dans quelque profession que ce soit, est une existence tellement atroce que les nègres qui ont quitté les habitations-sucreries de la Guadeloupe et de la Martinique pour aller jouir de la *liberté anglaise* à la Dominique et Sainte-Lucie reviennent, quand ils le peuvent, auprès de leurs maîtres. Loin de moi la pensée sacrilège de vouloir défendre aucune sorte d'esclavage ! Je veux seulement prouver par ce fait que la loi anglaise est plus dure pour le prolétaire que le *bon plaisir* du maître français à l'égard de son nègre ; que l'esclave de la propriété anglaise a, pour gagner son pain et payer les taxes qu'on lui impose, une tâche infiniment plus lourde.

Le nègre est seulement exposé aux caprices de son maître, tandis que l'existence du prolétaire anglais, celle de sa femme, de ses enfants, sont à la merci du producteur. Le calicot[2], ou tel autre article, baisse-t-il de prix, aussitôt ceux qui sont atteints par la baisse,

1. Cette revue était alors dirigée par John Stuart Mill (1806-1873), philosophe et économiste, défenseur de l'utilitarisme. Esprit progressiste, attentif aux injustices de son temps contre lesquelles il plaidera sans relâche, il fut aussi un pionnier du féminisme en Grande-Bretagne : *The Subjection of women (De l'assujettissement des femmes)* paraîtra en 1869.

2. Toile de coton assez grossière, à bon marché, aux usages multiples.

soit filateurs, couteliers, potiers, etc., d'accord entre eux, réduisent les salaires, sans s'inquiéter nullement si les nouveaux salaires qu'ils adoptent suffisent ou non à la nourriture de l'ouvrier ; ils augmentent aussi le nombre des heures de travail. Quand l'ouvrier est à la tâche, ils exigent plus de fini dans son ouvrage, tout en le payant moins, et l'ouvrage où toutes les conditions ne sont pas exactement remplies n'est pas payé. Cruellement exploité par celui qui l'emploie, l'ouvrier est encore pressuré par le fisc et affamé par les propriétaires de terres ; presque toujours il meurt jeune ; sa vie est abrégée par l'excès du travail ou par la nature de ses travaux. Sa femme et ses enfants ne lui survivent pas longtemps ; attelés à la manufacture, ils succombent par les mêmes causes ; s'ils n'y sont point occupés l'hiver, ils meurent de faim au coin des bornes !

La division du travail [1] poussée à l'extrême limite, et qui a fait faire des progrès si immenses à la fabrication, a annihilé l'intelligence, pour réduire l'homme à n'être qu'un engrenage de machines. Si encore l'ouvrier savait exécuter les diverses parties d'une ou plusieurs fabrications, il jouirait de plus d'indépendance ; la cupidité du maître aurait moins de moyens de le torturer ; ses organes conserveraient assez d'énergie pour triompher de l'influence délétère d'une occupation qu'il n'exercerait que quelques heures. Les émouleurs des manufactures anglaises ne passent pas trente-cinq ans ; l'usage de la meule n'a aucun effet nuisible sur nos ouvriers de Châtellerault, parce que l'émoulage n'est qu'une partie de leur métier et ne les occupe que peu de temps, tandis que dans les ate-

1. C'est à Frederick Taylor (1856-1915), économiste américain, qu'il reviendra de théoriser et de systématiser le principe de la division du travail, afin d'augmenter encore la productivité et les gains de production.

liers anglais les émouleurs ne font pas autre chose. Si l'ouvrier pouvait travailler à diverses parties de la fabrication, il ne serait pas accablé par sa nullité, par la perpétuelle inactivité de son intelligence : répétant toute la journée les mêmes choses ; les liqueurs fortes ne deviendraient pas pour lui un besoin pour le faire sortir de la torpeur dans laquelle la monotonie de son travail le plonge, et l'ivrognerie ne mettrait pas le comble à sa misère.

Il faut avoir visité les villes manufacturières, vu l'ouvrier à Birmingham, à Manchester, à Glasgow, à Sheffield, dans le Staffordshire, etc., pour se faire une juste idée des souffrances physiques et de l'abaissement moral de cette classe de la population. Il est impossible de juger du sort de l'ouvrier anglais par celui de l'ouvrier français. En Angleterre, la vie est de moitié plus chère qu'en France, et depuis 1825 les salaires ont subi une telle baisse que presque toujours l'ouvrier est obligé de réclamer les secours de la paroisse pour faire vivre sa famille ; et, comme les paroisses sont accablées par le montant des secours qu'elles accordent, elles en règlent la quotité, relativement aux salaires et au nombre d'enfants de l'ouvrier ; non en raison du prix du pain, mais d'après le prix de la pomme de terre ; pour le prolétaire anglais le pain est une nourriture de luxe ! Les ouvriers d'élite, exclus, en raison de leurs salaires, des secours de la paroisse, ne jouissent guère d'un meilleur sort. La moyenne des salaires qu'ils gagnent ne s'élève pas, m'a-t-on assuré, au-delà de 3 ou 4 shillings (3 F 75 c à 5 F) par jour, et la moyenne de leur famille est de quatre enfants. En comparant ces deux données au prix des subsistances en Angleterre, on se fera aisément une idée de leur détresse.

La plupart des ouvriers manquent de vêtements,

de lit, de meubles, de feu, d'aliments sains et souvent même de pommes de terre[a] !... Ils sont enfermés douze à quatorze heures par jour dans des salles basses, où l'on aspire, avec un air vicié, des filandres de coton, de laine, de lin, des parcelles de cuivre, de plomb, de fer, etc., et passent fréquemment d'une nourriture insuffisante aux excès de la boisson ; aussi tous ces malheureux sont étiolés, rachitiques, souffreteux ; ils ont le corps maigre, affaissé, les membres

a) « Il est constaté que beaucoup d'ouvriers des villes manufacturières d'Angleterre ne vont pas à l'église faute de vêtements.

« Le 31 mai 1840, j'ai fait une visite au district de *Bethnal Green*, en compagnie de MM. les *officiers* chargés de distribuer les secours dans cette partie de la ville de Londres. [...]

« Parmi les cabanes de planches qui couvrent ces *jardins* (on verra plus loin ce que sont ces *jardins*), nous en avons remarqué une qui se distinguait de toutes les autres par un aspect plus misérable encore : on eût dit un tas de bois pourri jeté sur un fumier ; la clôture qui la séparait des autres cabanes était formée par des débris de planches rattachées de place en place avec des morceaux de tôle et de ferraille, le tout dans un état de délabrement et de saleté impossible à décrire. Au rez-de-chaussée, la pièce unique de la maison, dont le plancher était de quelques pouces plus bas que le fumier de la petite cour, vivait une famille de dix personnes. Ce réduit, qui n'a pas dix pieds carrés et moins de sept pieds de hauteur, était loué 1 shilling 6 pence par semaine (environ 2 F). Il est bien plus difficile encore de donner une idée de l'état de cette famille que du lieu où elle vit. L'homme, le chef de famille, tremblait la fièvre ; la maladie et le jeûne l'avaient réduit à une maigreur extrême, et il n'y avait de vivant en lui que le regard, regard transparent, animé par le feu de la fièvre, et dont il était impossible de soutenir la douloureuse expression. Cet homme, âgé de 37 ans, anglais de naissance, teinturier en soie de profession, pouvait gagner, lorsqu'il était occupé, jusqu'à 15 shillings par semaine, nous disait-il ; mais il n'avait pu trouver d'ouvrage depuis cinq mois. L'officier de secours m'affirma qu'il avait toujours eu une bonne conduite et que ce n'était ni la paresse ni le vice qui l'avaient réduit en cet état. Sa femme, accroupie près d'un foyer délabré, tenait un petit enfant au sein ; trois autres enfants tout jeunes et pieds nus étaient en dehors de la cabane. Le père nous avoua que les autres étaient sortis dans l'espoir de *trouver quelque chose, soit en mendiant ou autrement.* Il n'avait depuis cinq mois d'autre moyen d'existence que ce que le bureau de secours consentait à lui donner et ce que rapportaient les enfants. Malgré l'extrême dénuement de cette famille, elle refusait le refuge du *workhouse.*

« Dans une cour de cet abominable quartier, nous avons trouvé une famille qui nous a paru encore plus misérable que la précédente, si cela est

faibles, le teint pâle, les yeux morts ; on les croirait tous affectés de la poitrine. Je ne sais s'il faut attribuer à l'irritation d'une fatigue permanente ou au sombre désespoir auquel leur âme est en proie l'expression de physionomie pénible à voir qui est presque générale chez tous les ouvriers. Il est difficile de rencontrer leur point visuel : tous tiennent

---

possible. Elle habitait une chambre unique, située au-dessus du rez-de-chaussée, bien éclairée, assez grande, mais à laquelle on arrivait par un escalier sale et obscur, dont chaque marche branlait sous les pieds. Cette famille se composait de huit personnes, toutes présentes au moment de notre visite. Le chef de famille était un tisserand en velours, jeune encore, et anglais de naissance. Il gagnait 7,5 shillings par semaine ; mais il n'était pas constamment occupé. Son logement lui coûtait 2,5 shillings par semaine, et il y avait près de deux mois qu'il n'avait pu payer le loyer. Le seul objet qui garnissait la chambre était le métier à tisser ; il n'y avait pas un meuble, ni chaises, ni table, ni lit. Dans un coin était un gros tas de paille hachée, à demi caché par un lambeau de toile, et dans cette paille étaient enfouis trois enfants, tout nus, comme des animaux, sans un reste de haillons sur le corps. La femme nous tournait le dos, essayant en vain de rattacher les débris de ses vêtements de manière à se laisser voir ! L'homme était vêtu d'un habit bleu après lequel brillaient encore deux ou trois boutons ciselés ; il n'avait pas de chemise. Il nous reçut poliment, et nous exposa avec tristesse, mais avec calme, toute l'horreur de sa condition. Il tenait une Bible à la main au moment où nous entrâmes, et comme l'officier de secours lui demandait pourquoi il n'allait pas à l'église, il montra sa poitrine nue, sa femme immobile de honte dans un coin, ses enfants qui se blottissaient les uns derrière les autres pour éviter nos regards, et il répondit que bientôt il ne pourrait plus sortir même pour aller demander de l'ouvrage. Cette famille passait pour être honnête, l'officier de secours lui avait déjà plusieurs fois distribué des vêtements ; mais le manque d'ouvrage avait forcé le père d'échanger contre du pain les dons de la charité. [...] Et ce n'est pas un seul district de la ville de Londres qui a le privilège d'une pareille misère. Les quartiers de *Shoredich, Whitechapel, Shadwell,* de *Saint-Gilles, Saint Olave* nous offriraient à chaque pas des scènes semblables à celles que nous venons de décrire » (*De la misère des classes laborieuses en France et en Angleterre,* par M. Eugène Buret[1]).

1. Eugène Buret (1810-1842) était l'auteur de cet important ouvrage paru en 1840 et dont le titre complet résumait les ambitions : *De la misère des classes laborieuses en Angleterre et en France : de la nature de la misère, de son existence, de ses effets, de ses causes, et de l'insuffisance des remèdes qu'on lui a opposés jusqu'ici, avec les moyens propres à en affranchir les sociétés.*

constamment les yeux baissés et ne vous regardent qu'à la dérobée, en jetant sournoisement un coup d'œil de côté [a], ce qui donne quelque chose d'hébété, de fauve et d'horriblement méchant à ces figures froides, impassibles, et qu'une profonde tristesse enveloppe.

On n'entend pas, dans les manufactures anglaises comme dans les nôtres, des chants, des causeries et des rires [1]. Le maître ne veut pas qu'un souvenir de l'existence vienne distraire une minute ses ouvriers de leur tâche ; il exige le silence, et il règne un silence de mort, tant la faim de l'ouvrier donne de puissance à la parole du maître ! Il n'existe entre l'ouvrier et les chefs de l'établissement aucun de ces rapports de familiarité, de politesse, d'intérêt que l'on voit chez nous et qui assouplissent, dans le cœur du pauvre, les sentiments de haine, d'envie que le dédain, la dureté, l'exigence et le luxe du riche font naître. On n'entend jamais, dans les ateliers anglais, le maître dire à l'ouvrier : « Bonjour, père Baptiste ; eh bien, comment va votre pauvre femme ? et l'enfant ? Allons, tant mieux ! Il faut espérer que la mère sera promptement rétablie ; dites-lui qu'elle vienne me voir aussitôt qu'elle pourra sortir. » Un maître croirait s'avilir de parler ainsi à ses

a) Ce regard, que j'ai également remarqué en Amérique aux esclaves, n'est pas, dans les Îles britanniques, particulier aux ouvriers des fabriques. On le retrouve partout chez tout ce qui est dépendant, subordonné ; c'est un des traits caractéristiques des vingt millions de prolétaires. Il y a néanmoins des exceptions, et c'est presque toujours *chez les femmes* qu'elles se rencontrent.

1. Flora Tristan exagère sans doute le bien-être des ouvriers français, convaincue, ainsi qu'elle le note dans *Union ouvrière*, qu'en Angleterre « la classe ouvrière est beaucoup plus ignorante et malheureuse qu'en France ». Les différences, réelles, entre les deux pays s'estomperont en partie dans la deuxième moitié du XIXe siècle, quand l'industrialisation de la France s'accélérera et que Paris deviendra à son tour une « ville monstre », à un moindre degré toutefois que Londres.

ouvriers. Dans tout chef de manufacture, l'ouvrier voit un homme qui peut le faire chasser de l'atelier où il travaille ; aussi salue-t-il servilement les manufacturiers qu'il rencontre, mais ceux-ci croiraient leur honneur compromis s'ils rendaient le salut.

L'esclavage n'est plus à mes yeux la plus grande des infortunes humaines depuis que je connais le prolétariat anglais : l'esclave est *sûr de son pain pour toute sa vie* et de soins quand il tombe malade ; tandis qu'il n'existe aucun lien entre l'ouvrier et le maître anglais. Si celui-ci n'a pas d'ouvrage à donner, l'ouvrier meurt de faim ; est-il malade, il succombe sur la paille de son grabat, à moins que, près de mourir, il ne soit reçu dans un hôpital ; car c'est une faveur que d'y être admis. S'il vieillit, si par suite d'un accident il est estropié, on le renvoie, et il mendie furtivement de crainte d'être arrêté. Cette position est tellement horrible que pour la supporter il faut supposer à l'ouvrier un courage surhumain ou une apathie complète.

L'exiguïté de l'emplacement est général dans les manufactures anglaises ; on mesure avec parcimonie l'espace où l'ouvrier doit se mouvoir. Les cours sont petites, les escaliers étroits ; il est obligé de passer de *côté* autour des machines et des métiers : il est facile de voir, en visitant une manufacture, que le confort, le bien-être ou même la santé des hommes destinés à vivre dans l'usine ne sont entrés pour rien dans la pensée du constructeur. La propreté, le plus efficace des moyens de salubrité, est très négligée ; autant les machines sont soigneusement peintes, vernies, nettoyées et polies, autant les cours sont sales et pleines d'eaux stagnantes, les planchers poudreux, les carreaux de vitre malpropres. À dire vrai, si les bâtiments, les ateliers étaient propres, coquets et entretenus comme les manufactures d'Alsace, les haillons de l'ouvrier anglais paraîtraient encore plus hideux. Mais, n'importe, que ce soit incurie ou calcul, cette malpropreté n'en est pas moins un surcroît de maux pour l'ouvrier.

L'Angleterre n'a plus de grandeur qu'en industrie ; mais elle est gigantesque, vue dans les instruments dus à l'esprit mathématique des temps modernes, instruments magiques qui pétrifient tout autour d'eux ! Les docks, les chemins de fer, les immenses proportions des manufactures donnent l'idée de l'importance du commerce et de l'industrie britanniques.

La puissance des machines, leur application à tout étonnent et frappent l'imagination de stupeur ! La science humaine, incorporée dans des millions de formes, remplace les fonctions de l'intelligence ; avec les machines et la division du travail, on n'a besoin que de moteurs : le raisonnement, la réflexion sont inutiles.

J'ai vu une machine à vapeur de la force de cinq cents chevaux[a] ! Rien de plus terriblement imposant que la vue du mouvement imprimé à ces masses de fer dont les proportions colossales effrayent l'imagination et semblent dépasser la puissance de l'homme ! Ce moteur à la force hyperbolique est placé dans un vaste local, où il fait fonctionner un

a) Je l'ai vue à Birmingham. Les propriétaires de l'usine m'ont assuré que la force de cette machine à vapeur pouvait être portée à celle de cinq cents chevaux : elle fait tourner plus de deux cents poulies et met en mouvement des scieries à planches, des ciseaux pour couper le fer, des laminoirs de toutes dimensions, un assortiment de machines pour faire des cuillers de zinc, etc. On a mis devant moi une pièce de six pence (douze sous) sous une presse, pour me donner l'idée de la force de sa pression ; il en est sorti 42 yards (36 aunes) d'une petite bande d'*argent-papier* mince comme une pelure d'oignon.

nombre considérable de machines travaillant le fer et le bois. Ces énormes barres de fer poli, qui s'élèvent et s'abaissent quarante ou cinquante fois par minute et impriment un mouvement de va-et-vient à la langue du monstre qui semble aspirer tout pour tout engloutir, les terribles gémissements qu'il pousse, les révolutions rapides de l'immense roue qui sort de l'abîme pour y rentrer aussitôt, ne laissant jamais voir que la moitié de sa circonférence, jettent dans l'âme un sentiment d'effroi. En présence du monstre, on ne voit que lui, on n'entend que sa respiration.

Revenu de votre stupeur, de votre épouvante, vous cherchez l'homme ; on le distingue à peine, réduit, par les proportions de tout ce qui l'entoure, à la grosseur d'une fourmi ; il est occupé à mettre sous le tranchant de deux grandes courbes, qui présentent la forme d'une mâchoire de requin, d'énormes barres de fer, que cette machine coupe avec la netteté d'un damas qui trancherait un navet.

Si d'abord je ressentis de l'humiliation à voir l'homme annihilé, ne fonctionnant plus lui-même que comme une machine, je vis bientôt l'immense amélioration qui ressortirait un jour de ces découvertes de la science : la force brutale anéantie, le travail matériel exécuté dans moins de temps, et plus de loisir laissé à l'homme pour la culture de son intelligence ; mais, pour que ces grands bienfaits se réalisent, il faut une révolution sociale. Elle arrivera ! Car Dieu n'a pas révélé aux hommes ces admirables inventions pour les réduire à n'être que les ilotes de quelques manufacturiers ou propriétaires de terres.

La bière et le gaz sont à Londres deux grandes branches de la consommation. J'allai visiter la superbe brasserie de *Barclay-Perkins*, qui, certes, vaut bien la peine d'être vue[1]. Cet établissement est très spacieux; rien n'a été épargné pour le matériel de cette usine. Il m'a été impossible d'apprendre le chiffre des litres de bière qu'elle fabrique chaque année; mais, à en juger par la grandeur des cuves, il doit s'élever à une quantité extraordinaire. C'est dans une de ces cuves, la plus grande il est vrai, que MM. Barclay-Perkins donnèrent à une des altesses royales d'Angleterre un dîner où plus de cinquante convives assistèrent. La hauteur de cette cuve est de 30 mètres (90 pieds). Partout où la vapeur peut agir, la force de l'homme est exclue, et ce qui frappe le plus dans cette brasserie c'est le petit nombre d'ouvriers employés pour faire des travaux aussi immenses.

Une des grandes usines de gaz est celle située dans *Horse ferry road Westminster* (j'ai oublié le nom de la société[2]). On ne visite cette fabrique qu'avec un billet d'admission.

Dans ce palais manufacturier, il y a une abondance de machines et de fer poussée jusqu'à la profusion; tout est en fer : les trottoirs, les bornes, les escaliers, certains planchers, la toiture des hangars, etc.; on reconnaît que rien n'a été épargné pour rendre solides les bâtiments et les ustensiles. Je vis là des cuves en fonte et en zinc aussi hautes qu'une maison à quatre étages et larges en proportion. J'aurais bien désiré savoir combien de milliers de tonnes elles peu-

1. Située sur la rive droite de la Tamise, cette brasserie d'une ampleur et d'une activité exceptionnelles à l'époque se visitait comme une curiosité. La Grande-Bretagne avait été le premier pays à promouvoir ce type de tourisme industriel.

2. La société *Gas, Light and Coke C°* avait ouvert en 1813. Elle servait notamment à produire le gaz pour l'éclairage de la ville, chose tout à fait nouvelle à l'époque. Sa production était elle aussi jugée exceptionnelle.

vent contenir ; mais le *foreman* (contremaître) qui m'accompagnait fut, à cet égard, aussi réservé que celui de la brasserie de Barclay-Perkins l'avait été sur le chiffre des litres de bière : d'un silence absolu.

Nous entrâmes dans le grand *chauffoir* : les deux rangées de fourneaux placés de chaque côté étaient allumés ; cette fournaise ne rappelle pas mal les descriptions que l'imagination des poètes de l'Antiquité nous a laissées des forges de Vulcain, avec cette différence qu'une activité et une intelligence divines animaient les cyclopes, tandis que les noirs serviteurs des fournaises anglaises sont mornes, silencieux et anéantis. Il se trouvait là une vingtaine d'hommes remplissant leur tâche avec exactitude, mais lenteur. Ceux qui n'étaient pas occupés restaient immobiles, les yeux fixés à terre ; ils n'avaient pas même assez d'énergie pour essuyer la sueur qui leur coulait de toutes parts. Trois ou quatre me regardèrent avec des yeux dont la vue s'était enfuie ; les autres ne détournèrent pas la tête. Le *foreman* me dit qu'on choisissait les chauffeurs parmi les hommes les plus forts ; que néanmoins tous devenaient poitrinaires au bout de sept ou huit ans d'exercice et mouraient de phtisie. Cela m'expliqua la tristesse, l'apathie empreintes sur la figure et dans tous les mouvements de ces malheureux.

On exige d'eux un travail auquel les forces humaines ne peuvent résister. Ils sont nus, sauf un petit caleçon de toile ; quand ils sortent, ils jettent un paletot sur leurs épaules.

Quoique l'espace qui sépare les deux rangées de fourneaux me parût avoir de 50 à 60 pieds[1], le plancher était tellement chaud que la chaleur pénétra mes souliers immédiatement, au point de me faire

1. Soit environ 18 m (1 pied = 32,4 cm).

lever les pieds comme si je les eusse posés sur des charbons ardents. On me fit monter sur une grosse pierre, et bien qu'isolée du sol, elle était *chaude.* Je ne pus rester dans cet enfer, ma poitrine s'emplissait, l'odeur du gaz me montait au cerveau, la chaleur me suffoquait ; le *foreman* me conduisit au bout du chauffoir, sur un balcon, d'où je pouvais tout voir sans être aussi fortement incommodée.

Nous fîmes le tour de l'établissement. Je fus dans l'admiration de toutes ces machines, de la perfection, de l'ordre avec lesquels tous les travaux sont conduits ; cependant les précautions prises ne préviennent pas tous les accidents, il en arrive de fréquents qui causent de grands désastres, blessent les hommes, et parfois les tuent. Ô mon Dieu ! un progrès ne saurait-il donc s'opérer qu'aux dépens de la vie d'un certain nombre d'individus ?

Le gaz de cette fabrique va, par des conduits, éclairer les quartiers d'Oxford Street jusqu'à Regent Street[1].

L'air qu'on respire dans cette usine est réellement empesté ! À chaque instant des miasmes méphitiques viennent vous saisir. Je sortis de dessous un hangar, espérant respirer dans la cour un air plus pur ; mais partout j'étais poursuivie par les exhalaisons infectes du gaz et les odeurs de houille, de goudron, etc.

Je dois dire aussi que le local est très sale. La cour, remplie d'eaux stagnantes, de monceaux d'ordures, témoigne de l'extrême négligence dans ce qui concerne la propreté. À la vérité, la nature des matières dont on extrait le gaz exigerait un service très actif pour entretenir la propreté ; mais deux hommes suffiraient à cette tâche, et, avec cette légère

1. Regent Street sépare les quartiers de Mayfair et Soho.

augmentation de dépense, on assainirait l'établissement.

J'étais asphyxiée, j'avais hâte de fuir ce foyer de puanteur, lorsque le *foreman* me dit : « Restez encore un instant, vous verrez quelque chose de curieux : les chauffeurs vont retirer le coke des fours. »

J'allai me percher de nouveau sur le balcon : de là je vis un des plus épouvantables spectacles qui eussent encore frappé mes regards.

Le chauffoir est au premier étage, au-dessous se trouve la cave destinée à recevoir le coke ; les chauffeurs, armés de longs fourgons en fer, ouvrirent les fours et en tirèrent le coke, qui, tout enflammé, tomba par torrents dans cette cave. Rien de plus terrible, de plus majestueux, que ces bouches vomissant des flammes ! Rien de plus magique que cette cave soudainement éclairée par les charbons ardents qui se précipitaient, comme du haut d'un rocher les flots de la cataracte, et comme eux s'engouffrent dans l'abîme ! Rien de plus effrayant que la vue des chauffeurs qui ruissellent, de même que s'ils sortaient de l'eau, et sont éclairés devant et derrière par ces horribles brasiers dont les langues de feu paraissent s'avancer sur eux comme pour les dévorer. Oh ! non, il est impossible de voir un spectacle plus effrayant !

Quand les fours furent à moitié vide, des hommes montés sur des cuves placées aux quatre coins de la cave jetèrent de l'eau pour éteindre le coke ; alors l'aspect du chauffoir changea : il s'éleva de la cave une trombe de fumée noire, épaisse et brûlante qui monta majestueusement et sortit par la toiture qu'on avait ouverte exprès pour lui livrer passage. Je ne distinguai plus les bouches des fours qu'à travers ce nuage qui rendait les flammes plus rouges, les lames de feu plus effrayantes ; les corps des chauffeurs, de blanc qu'ils étaient, devinrent noirs, et ces infortunés, qu'on aurait pris pour des diables, se confondirent dans ce chaos infernal. Suprise par la fumée du coke, je n'eus que le temps de descendre précipitamment.

J'attendis la fin de l'opération, voulant savoir ce que ces pauvres chauffeurs allaient devenir. Je m'étonnais de ne voir arriver aucune femme. Mon Dieu ! pensai-je, ces ouvriers sont-ils donc sans mère, sans sœur, n'ont-ils ni femme ni fille attendant, à la porte, leur sortie de l'ardente fournaise, afin de les laver à l'eau tiède, de les envelopper dans des chemises de flanelle, de leur faire prendre un breuvage nourrissant, fortifiant, puis de leur dire quelques paroles d'amitié, qui encouragent et aident l'homme à supporter les plus cruelles misères ? J'étais dans l'anxiété : pas une femme ne parut. Je demandai au *foreman* où ces hommes, baignés de sueur, allaient prendre du repos. « Ils vont se jeter sur un lit qui est sous ce hangar, me répondit-il froidement, et au bout d'une couple d'heures ils recommenceront à chauffer. »

Ce hangar, ouvert à tous les vents, ne garantit que de la pluie, il y fait un froid glacial. Une espèce de matelas, qu'on ne distingue point du charbon qui l'entoure, est placé dans un des coins ; je vis les chauffeurs s'étendre sur ce matelas dur comme la pierre. Ils étaient couverts d'un paletot très sale, pénétré de sueur et de poussière de charbon à un tel point qu'on n'en pouvait deviner la couleur. « Voilà, me dit le *foreman*, comment ces hommes deviennent poitrinaires. C'est en passant sans nulle précaution du chaud au froid. »

Cette dernière observation du *foreman* produisit

sur moi un tel effet que je sortis de l'usine dans un état d'exaspération.

Ainsi la vie des hommes est à prix d'argent ; et, quand la tâche exigée doit les faire mourir, l'industriel en est quitte pour augmenter les salaires !!! Mais c'est encore pis que la *traite des nègres* !... Au-dessus de cette énormité monstrueuse, je ne vois que l'anthropophagie !!! Les propriétaires d'usines, de manufactures peuvent, sans en être empêchés par la loi, disposer de la jeunesse, de la sève de centaines d'hommes, acheter leur existence et la sacrifier, afin de gagner de l'argent ! Le tout moyennant un salaire de 7 à 8 shillings par jour (8 F 75 c à 10 F !!!).

Je ne sache point qu'aucun des chefs d'usines semblables à celles dont je viens de parler ait eu l'humanité de faire disposer une chambre qui serait chauffée modérément, contiendrait des baignoires d'eau tiède, des matelas, des couvertures de laine, où les chauffeurs viendraient, en sortant de leur fournaise, se laver et se reposeraient, bien enveloppés, dans une atmosphère en rapport avec celle qu'ils quittent. Réellement c'est une honte, une infamie pour un pays que les choses se passent comme je viens de les raconter.

En Angleterre, lorsque les chevaux arrivent à la poste, on s'empresse de leur jeter une housse sur les reins, d'essuyer leur sueur, de leur laver les pieds ; puis on les fait entrer dans une écurie bien close, garnie de litière bien sèche.

Il y a quelques années qu'on rapprocha les relais après avoir reconnu que les distances auxquelles ils étaient placés abrégeaient la vie des chevaux par leur trop grande longueur. Oui, mais un cheval coûte 40 à 50 livres sterling à l'industriel, tandis que le pays lui fournit des hommes *pour rien* !...

## *Paroisse Saint-Gilles (quartier des Irlandais)*

> *J'ai vu l'Indien dans ses forêts et le nègre dans ses fers, et j'ai cru, en contemplant leur condition digne de pitié, que je voyais le dernier terme de la misère humaine : je ne connaissais pas alors le sort de la pauvre Irlande. […]*
>
> *La misère irlandaise forme un type à part, dont le modèle et l'imitation ne sont nulle part ; on reconnaît, en la voyant, qu'on ne saurait théoriquement assigner aucune borne à l'infortune des peuples. […]*
>
> *Quand je vois une nation qui a eu le malheur de tomber sous le joug et d'y demeurer soumise, je ne m'enquiers point des vices qu'elle a ; je demande quels vices elle n'a point, et quelles vertus elle peut avoir.*
>
> GUSTAVE DE BEAUMONT,
> *L'Irlande sociale, politique et religieuse*[1]

Plus de deux cent mille prolétaires irlandais habitent diverses parties de la métropole britannique[2] :

1. Ami de Tocqueville avec lequel il avait séjourné aux États-Unis, appartenant politiquement à la gauche dynastique, Gustave de Beaumont (1802-1866) avait publié cet ouvrage en 1839. Il y dressait un portrait sévère de l'administration de l'île et dénonçait l'extrême misère dont il avait été témoin. Il soutiendra financièrement *l'Union ouvrière* de Flora Tristan en 1843.

2. Entre 1820 et 1830, un nombre croissant d'Irlandais avaient pris le chemin de l'Angleterre, et de Londres en particulier. François Bédarida signale que les Irlandais représentent à l'époque 3 % de la population londonienne.

ce sont les portefaix, les hommes auxquels on donne les travaux pénibles, parce qu'ils travaillent pour de modiques salaires. Cette population est pauvre, sans doute, mais elle est occupée et ne donne pas l'idée de la misère irlandaise, de cette misère couverte de lambeaux et disputant aux chiens des rues les pelures de pommes de terre[a] !!! La misère irlandaise, telle que M. de Beaumont nous la dépeint, est représentée au milieu d'un des plus riches quartiers de Londres. C'est là qu'il faut aller pour connaître, dans toute son horreur, la misère qui se produit dans un pays riche et fertile lorsqu'il est gouverné par l'aristocratie et au profit de l'aristocratie[1].

La belle et longue rue d'*Oxford*, que parcourent une foule d'équipages, cette rue aux larges trottoirs, aux riches boutiques, forme à sa naissance un angle presque droit avec *Tottenham Court Road*; à l'entrée de cette dernière rue, en face de celle d'Oxford, existe une petite ruelle presque toujours obstruée par une énorme charrette chargée de charbon de terre, qui laisse à peine assez de place pour qu'une personne puisse passer en se collant au mur. Cette

a) « La pomme de terre *ordinaire* est devenue un aliment de *luxe* auquel l'Irlande ne pense plus atteindre.

« La substitution d'une petite espèce de pomme de terre à l'espèce ordinaire et de meilleure qualité est un fait d'une signification économique profonde sur laquelle nous reviendrons. [...]

« Telle est la constitution sociale et économique de ce malheureux pays [l'Irlande] que, si son peuple pouvait se nourrir de la *boue* de ses marais, les propriétaires, aidés par la science des *middlemen*, mettraient la terre à un si haut prix que les Irlandais seraient encore exposés à mourir de faim ! » (De *la misère*..., par M. Eugène Buret).

1. Situé au centre de Londres, ce quartier occupe aujourd'hui l'espace dessiné par New Oxford Street, Charing Cross Road et Shaftesbury Avenue (l'église Saint-Gilles en occupe le milieu). Il était alors d'une extrême pauvreté et d'une criminalité notoire, et constituait un lieu classique de visite pour les enquêteurs sociaux anglais et étrangers. Des travaux de démolition des taudis et d'amélioration des conditions de vie seront exécutés dès 1845.

petite ruelle, nommée *Baimbridge*, donne entrée au *quartier* dit *des Irlandais.*

Avant mon départ de Paris, un Espagnol recommanda à mon attention trois quartiers de Londres importants à voir par l'enseignement qu'ils offraient : le quartier des *Irlandais*, celui des *Juifs* et l'endroit où l'*on vend les foulards volés*[1].

En Angleterre, le patriotisme n'est qu'un esprit de rivalité ; il consiste non dans l'amour du prochain, mais dans la prétention de l'emporter sur toutes les nations. Cette ridicule vanité, que j'aurai plusieurs fois l'occasion de remarquer, fait que tout le monde s'entend à merveille pour *cacher les misères du pays* ; singulier patriotisme, de dissimuler des maux qui ne peuvent se guérir que par la plus grande publicité, qu'en appelant l'attention de tout homme qui a une voix pour parler, une plume pour écrire, afin de susciter la rougeur sur le front des puissants ! Je demandais vainement qu'on m'enseignât le quartier des Irlandais ; chaque personne à laquelle je m'adressais semblait en ignorer l'existence ; enfin, je rencontrai un Français qui s'offrit de me conduire dans les trois quartiers que je désirais observer.

Ce n'est pas sans un sentiment d'effroi que le visiteur pénètre dans l'étroite et sombre ruelle de Baimbridge. À peine y a-t-il fait dix pas qu'il est suffoqué par une odeur méphitique. La ruelle, entièrement occupée par le grand magasin de charbon, est impraticable. À droite, nous entrâmes dans une autre ruelle *non pavée*, boueuse et remplie de petites mares où

1. Flora Tristan consacrera trois pages à ce phénomène au chapitre XII. Tout près de la prison de Newgate, dans le quartier de la Cité, on trouvait en effet des boutiques offrant « à *vil prix* les vols de la journée », en particulier un vaste choix de ces foulards, faits d'étoffes plus ou moins coûteuses, que chacun portait sur soi.

croupissent les eaux nauséabondes de savon, de vaisselle et autres plus fétides encore... Oh ! je dus alors maîtriser mes répugnances et réunir tout mon courage pour oser continuer ma marche à travers ce cloaque et toute cette fange ! Dans Saint-Gilles, on se sent asphyxié par les émanations ; l'air manque pour respirer, le jour pour se conduire. Cette misérable population lave elle-même ses haillons, qu'elle fait sécher sur des perches qui traversent les ruelles, en sorte que l'air atmosphérique et les rayons du soleil sont complètement interceptés [a]. La fange sous vos pas exhale ses miasmes, et sur votre tête les hardes de la misère dégouttent leurs souillures. Les rêves d'une imagination en délire n'égalent point l'horreur de cette affreuse réalité !!! Arrivée au bout de la rue, qui n'était pas très longue, je sentis ma résolution faiblir ; mes forces physiques sont loin de répondre à mon courage ; mon estomac se soulevait et une forte douleur de tête me serrait les tempes. J'hésitai si je continuerais à m'avancer dans le quartier des Irlandais, lorsque tout à coup je me rappelai que c'était bien au milieu d'*êtres humains*, au milieu de mes frères que je me trouvais, de mes frères qui souffraient depuis des siècles, et en silence, l'agonie qui accablait ma faiblesse, quoique je ne l'éprouvasse que depuis dix minutes ! Je surmontai ma souffrance ; les inspirations de mon âme vinrent à mon secours, et je me sentis une énergie de niveau à la tâche que je m'étais imposée, d'examiner une à une toutes ces misères. Oh !

a) « À Londres, à Manchester, à Liverpool, partout nous avons trouvé des rues entièrement barrées du haut en bas par du linge et des couvertures étendues pour sécher, et qui dégouttaient sur les passants. Nous avons souvent été obligés de soulever des haillons humides à chaque pas pour nous frayer un chemin dans ces rues, interdites à toute circulation et réservées scupuleusement à la seule misère » (*De la misère...*, par M. Eugène Buret).

alors, une compassion que je ne saurais définir dilata mon cœur, et en même temps une sombre terreur l'enveloppa.

Qu'on se représente des hommes, des femmes, des enfants, pieds nus, piétinant la fange infecte de ce cloaque ; les uns accotés au mur faute de siège pour s'asseoir, d'autres accroupis à terre ; des enfants gisant dans la boue comme des pourceaux. Non, à moins de l'avoir *vu*, il est impossible de se figurer une misère aussi hideuse ! un avilissement aussi profond ! une dégradation de l'être humain plus complète !!! Là, *je vis* des enfants entièrement *nus*, des jeunes filles, des femmes nourrices *pieds nus*, n'ayant qu'une chemise qui tombait en lambeaux et laissait voir leur corps nu presque en entier... des vieillards blottis dans un peu de paille devenue fumier, de jeunes hommes couverts de guenilles. L'extérieur et l'intérieur des vieilles masures s'accordent avec les loques de la population qui les habite. Dans la plupart de ces habitations, ni les fenêtres ni les portes n'ont de fermeture ; il est très rare qu'elles soient carrelées ; elles renferment une vieille table en bois de chêne grossièrement faite, un escabeau, un banc de bois, quelques écuelles d'étain, un *chenil* où couchent pêle-mêle père, mère, fils, filles et amis ; tel est le *confort du quartier irlandais*[a]. Tout cela est hor-

a) « Un gentleman anglais, qui a parcouru toute l'Europe pour y chercher des distractions et y promener son ennui, n'a jamais mis le pied dans les quartiers de Londres où est reléguée la population misérable de cette ville opulente ; à peine si la curiosité l'aura conduit une fois ou deux dans les classiques horreurs de *Saint-Gilles* (les deux paroisses de Saint-Gilles et de Cripplegate comptaient, en 1831, 13 134 habitants), le quartier général des vagabonds, des prostituées et des voleurs, et cependant le fameux *Saint-Gilles* est aujourd'hui un lieu de plaisance comparé aux districts du Nord-Est et du Sud-Est, où habite la véritable misère. [...] Aucune ville du monde peut-être ne présente un spectacle plus désolant que les paroisses de *Bethnal Green* et *Shoreditch*, qui forment une ville de 70 000 habitants. Une grande partie

rible à voir !!! Et cependant ce n'est rien comparativement à l'expression des figures ! Tous sont d'une maigreur effrayante ; étiolés, souffrants, et remplis de maux au visage, au cou et aux mains ; ils ont la peau si sale, les cheveux tellement encrassés et ébouriffés qu'ils paraissent des *nègres crépus* ; leurs yeux caves expriment la *stupidité féroce* ; mais, si vous regardez ces malheureux avec assurance, alors ils prennent un air vil et mendiant. Je reconnus là les figures, le genre d'expression que j'avais remarqués dans les prisons. Ah ! pour eux, ce doit être un jour de fête lorsqu'ils entrent à Coldbath[1] ; au moins ont-ils dans cette prison du linge blanc, des vêtements convenables, des lits propres et un air pur. Comment vit cette population ? Par la prostitution et le vol. Dès l'âge de neuf à dix ans, les garçons vont voler. À onze ou douze ans, les filles sont ven-

---

de ce district est occupée par des terrains qui ont conservé le nom de *jardins* (gardens), où les propriétaires et spéculateurs ont élevé une multitude de cabanes en planches, n'ayant la plupart qu'un rez-de-chaussée, et destinées à loger des familles pauvres. L'aspect de ces jardins est indescriptible. Il n'y a entre ces misérables cabanes, entourées d'une enceinte de planches pourries, ni rues tracées ni ruisseaux ; le sol n'est pas même nivelé : ici des buttes de terre et d'immondices, là des creux remplis d'eaux impures qui croupissent à l'air ; devant les cabanes des tas de fumier de porc, partout enfin la saleté, l'infamie, la puanteur. Ces abominables quartiers sont abandonnés sans protection, sans surveillance ; l'autorité sociale ne pénètre pas ici, elle n'y est pas représentée. Les cabanes sont croulantes, à demi pourries ; il n'y a pas d'écoulement ménagé pour les eaux, pas de service régulier pour l'enlèvement des immondices, pas d'éclairage, rien en un mot de ce qui annonce une ville policée : c'est le *laissez-faire* le plus absolu qu'on puisse s'imaginer : ce quartier est complètement mis hors la loi, hors l'humanité ; la police sociale ne prescrit ni ne défend rien ici ! » (*De la misère*..., par M. Eugène Buret).

1. Flora Tristan a consacré quelques pages de son chapitre sur la prison de Coldbath Fields, située au nord de la ville, et qui se voulait une prison moderne, avec espace et jardins, à la différence de Newgate, d'aspect particulièrement vétuste, dont il sera question plus loin.

dues à des maisons de prostitution [1]. Tous, femmes et hommes, ont le vol pour industrie ; pour seule et unique passion l'ivrognerie [a]. Si j'avais vu ce quartier avant de visiter Newgate, je n'aurais pas été surprise en apprenant que cette prison reçoit de cinquante à soixante enfants par mois et autant de filles publiques. Le vol est une conséquence logique de la misère arrivée à sa dernière limite.

Ah ! grand Dieu ! m'écriai-je, quels remèdes apporter à de pareils maux ? Et, en songeant aux doctrines de messieurs les économistes anglais, leurs maximes me parurent écrites avec du sang !...

« Si le peuple souffre, il doit considérer que la cause de ses souffrances ne peut être attribuée qu'à lui ; le remède dépend de lui et de nul autre ; la société n'y peut rien ; lorsque le salaire de l'ouvrier est insuffisant pour entretenir sa famille, c'est un signe manifeste que le pays n'a pas besoin de nouveaux citoyens, le roi de nouveaux sujets. »

Ces paroles sont de Malthus [2] ! Et il n'est pas le seul à penser ainsi. Ricardo [3] et toute l'école des économistes anglais professent les mêmes principes ; lord

a) Voyez la description qu'en fait M. Eugène Buret dans son ouvrage sur Londres.

1. Les chapitres VIII et IX des *Promenades dans Londres* sont consacrés aux « filles publiques » et aux prisons. Le premier détaille le fonctionnement des maisons closes, ainsi que les « parties » auxquelles se livrent l'aristocratie et la grande bourgeoisie (leur description sera jugée choquante par les lecteurs de l'époque) ; le deuxième dénonce les conditions de vie dans les prisons pour hommes, pour femmes et pour enfants. Flora Tristan n'a pas de mots assez durs pour condamner la prostitution et dénonce avec la même énergie le sort des enfants délinquants, que l'on s'occupe à brimer et à châtier plus qu'à éduquer.

2. Flora Tristan cite le chapitre III du livre IV de l'*Essai sur le principe de population* (1798) de l'économiste Thomas Malthus (1766-1834). Ce dernier y expose des vues jugées progressistes, notamment sur la restriction de la natalité, qui rencontreront en France un large écho, et de vives critiques.

3. David Ricardo (1772-1823), théoricien du capitalisme libéral.

Brougham [1], un des plus forcenés de ces *anthropophages modernes*, a proféré dans la Chambre des Pairs les paroles suivantes avec le sang-froid du mathématicien qui fait une démonstration :

« Puisqu'on ne peut réussir à porter les subsistances au niveau des besoins de la population, il faut s'efforcer de faire descendre la population au niveau des subsistances. »

Ainsi, en Angleterre, les moralistes, les hommes d'État, dont les paroles sont écoutées, n'indiquent d'autre moyen pour sauver le peuple de la misère que de lui prescrire le *jeûne*, de lui interdire le *mariage* et de jeter dans les égouts les enfants nouveau-nés. Selon eux, le mariage ne doit être permis qu'aux *gens aisés*, et il ne doit exister aucun hospice pour les enfants abandonnés...

Je sortis de là épouvantée [a]!

« Oh ! mon Dieu, m'écriai-je, que d'ostentation, que d'hypocrisie dans les actes de cette nation ! Que de fausseté dans ses paroles !

— Il y a moins de fausseté que vous ne le pensez, me dit l'ami avec qui j'étais, et qui connaissait le pays depuis de longues années ; ces paroles, ces actes parés de rigorisme, de désintéressement, d'humanité, ne trompent que les étrangers auxquels on les destine ; peu de personnes ici en sont dupes.

a) La petite Irlande des cités anglaises et écossaises vaut de tout point la grande.

« Maintenant chaque ville de l'Angleterre a sa *petite Irlande*, qui engloutit de jour en jour des populations plus nombreuses ; et, ce qui est plus triste encore, quelques villes du continent, des villes de France, comme nous le verrons bientôt, ont aussi leur *petite Irlande*. Non contente de se venger de l'Angleterre en l'empoisonnant de sa misère, l'Irlande menace aussi de passer la mer et de conquérir à son empire de famine et de corruption les classes laborieuses de tous les pays civilisés ! » (*De la misère...*, par M. Eugène Buret).

1. Voir note 2, p. 52. Très hostile à la pensée libérale, Flora Tristan est particulièrement indignée par tout raisonnement « utilitariste ».

— Selon vous, ils ne sont donc faux et hypocrites que pour en imposer au-dehors ? Cela se peut. Mais, n'étant pas initiée aux grands mystères de leur politique, je ne devine pas dans quel but ils font tout cet étalage de religion, de philanthropie, de générosité.

— C'est tout bonnement pour se dispenser d'être humains et justes.

— Après ce que je viens de voir, je suis très disposée à vous croire ; cependant, j'avoue que moi aussi je suis presque dupe de leurs déclarations parlementaires, et qu'avec la contradiction que présentent leurs actes j'éprouve de la difficulté à les ramener au même principe ! Comment, par exemple, concilier cet esclavage de millions d'Irlandais et de millions d'ouvriers en Angleterre et en Écosse, ne recevant qu'un salaire bien insuffisant à leurs besoins pour les payer d'un travail qui excède leurs forces et abrège leur vie ; comment, dis-je, concilier cette horrible oppression avec l'abolition de la traite et l'affranchissement des nègres [1] ?

— Chère dame, il n'est pas un négociant de la Cité qui ne fût capable de répondre à votre question. Vous n'ignorez pas que c'est avec les productions de leurs colonies et de leurs manufactures, productions qu'ils ont l'adresse *d'imposer* partout, qu'ils soutirent l'argent des nations ; or, pour assurer dans les marchés de l'Europe un prix avantageux aux productions de l'Inde et de leurs colonies occidentales, ils doivent arrêter le développement des cultures

1. L'abolition de l'esclavage avait été décrétée en 1833 à la demande du ministre des Colonies, lord Stanley. Toutefois, les raisons véritables de cette abolition étaient vivement discutées dans les milieux progressistes, ceux-ci voyant dans la disparition de l'esclavage le triomphe des intérêts de la bourgeoisie commerçante et des industriels, d'autant que la loi avait prévu l'indemnisation des propriétaires d'esclaves. Aboli à la Révolution puis rétabli, l'esclavage sera définitivement aboli en France en 1848.

intertropicales ; pour atteindre ce but, il n'existe d'autre moyen que d'interdire la traite à toutes les nations et de courir sur les navires qui la font. L'Inde a une population considérable et les colonies anglaises d'Amérique sont abondamment pourvues de travailleurs [a].

— Je conçois bien ces motifs, mais je ne m'explique pas pourquoi ils ont affranchi leurs nègres.

— Vous pensez donc qu'ils ont émancipé leurs nègres comme les nations chrétiennes affranchissent leurs serfs, en les établissant colons partiaires sur le sol ? Oh ! non. Les nègres de la Jamaïque sont, sans nul doute, moins malheureux que l'ouvrier des manufactures anglaises ou le paysan irlandais, parce que le fruit de leur travail a plus de valeur, mais ils ne sont pas *plus libres* ; on en a fait *entièrement des prolétaires anglais* ; on leur interdit toute portion du sol ; ils sont

a) Voici comment, en 1815, le maréchal de camp Pillet jugeait la philanthropie anglaise au sujet de l'abolition de l'esclavage. Sa prédiction m'a paru curieuse, c'est pourquoi je la rapporte.

« Les Antilles ne doivent jamais se relever ; elles doivent périr. L'Angleterre a prononcé anathème contre elles, et cette puissance est aujourd'hui assez forte pour qu'une telle volonté ait son exécution.

« C'est des riches et vastes contrées de l'Indostan, pays susceptible de produire dans la plus extrême abondance toutes les denrées de luxe dont les Européens avaient été chercher les plants et les graines en Asie pour les porter dans les Antilles, que l'Europe tirera dans peu d'années les sucres, les cafés nécessaires à sa consommation, et à bien meilleur marché que ne peuvent les donner les Antilles. L'Inde peut les fournir à un prix presque aussi modique que les légumes les plus communs de nos jardins, parce que le prix de la main-d'œuvre n'est rien, absolument rien, comparé aux prix d'Europe, à celui des Antilles surtout, où le propriétaire d'habitation doit se couvrir de la valeur de la terre, de celle des bâtiments d'exploitation, du prix des esclaves qu'il a achetés, des chances de maladie et de mortalité sur lesquelles le cultivateur qui emploie les Noirs libres, dans un pays où la valeur première de la terre et celle des bâtiments sont presque nulles, n'a point à calculer.

« Nous sommes au moment de voir le commerce prendre une direction qui ne permettra à l'Europe de recevoir les produits de l'Inde que par des mains anglaises, que par la voie de l'Angleterre. C'est elle qui fixera leur

tenus à payer un loyer élevé pour la cabane qu'ils occupent, à entretenir les chemins par corvées ou taxes ; et le vol d'une banane est puni par les officiers blancs des paroisses comme les justices de paix, en Angleterre, punissent le vol de quelques pommes de terre, par le fouet. Reposez-vous sur l'imagination britannique pour créer des *devoirs* et des *impôts*, qui obligent le nègre à non moins de travail que son maître en obtenait de lui avant l'émancipation. L'arbitraire ôté à la punition est incontestablement une amélioration au sort de l'esclavage ; mais cette amélioration, qui provoquera le développement de la population, est dans les intérêts bien entendu des propriétaires.

— Il est clair que l'émancipation ainsi faite est une de ces générosités apparentes qui tournent en résultat au bénéfice de leurs auteurs ; mais le gouvernement a consacré à cette mesure la somme de six à sept millions.

— Oh ! ceci est un autre secret... Les ministres, en présentant ce mode d'affranchissement, étaient assurés de l'appui du commerce anglais, parce que les habitants de colonies, débiteurs, envers les négo-

---

valeur et le prix de transport, et le monopole qu'il lui plaira. Il ne faut plus que le temps nécessaire pour que les cultures de l'Inde, telles que les Anglais les ont projetées, soient consolidées et en plein rapport. Alors les Antilles seront détruites.

« Déjà la population noire des Antilles a, dans les infernales conceptions de l'Angleterre, une destination à laquelle le monde n'échappera pas.

« Alliée de l'Angleterre, recevant d'elle des vivres, des vaisseaux, des munitions, cette population, qui ne manque pas de bravoure, qui est aujourd'hui dressée, qui hait le travail, qui ne s'y livre que lorsqu'on l'y contraint ; cette population noire formera une chaîne de pirates qui infesteront toutes les mers d'Amérique et s'opposeront sans cesse et de toutes parts à la prospérité de ce continent. C'est ainsi que l'Angleterre médite et a résolu de se venger de l'Union américaine, de cette fille révoltée, à laquelle la Grande-Bretagne a voué une haine implacable » (*L'Angleterre vue à Londres*, par le maréchal de camp Pillet).

ciants de la métropole, de sommes équivalentes aux deux tiers de leurs propriétés, ne pouvaient se libérer qu'avec l'indemnité accordée pour l'affranchissement. Les ministres n'auraient pu faire adopter le système, beaucoup plus économique, du rachat graduel des nègres par le travail des nègres successivement rachetés, quoique ce système pût offrir l'insigne avantage d'assurer l'éducation morale et l'apprentissage des affranchis, attendu que l'affranchissement simultané pouvait seul garantir le paiement des créanciers anglais. »

Ainsi, le grand acte d'*humanité* qu'on nous prône depuis trente ans n'est autre chose qu'un *calcul commercial* bien réfléchi, bien pesé ! Et tout le continent, pendant trente ans, a été dupe ! Le charlatanisme des honorables *gentlemen* qui composent le Parlement britannique a fait croire à la philanthropie et au désintéressement d'une société de *marchands* ! En présence de pareille déception, on serait tenté de supposer que l'Europe, que l'espèce humaine en entier a, comme les individus, des moments d'atonie, de sommeil et de folie. Cependant, ce vernis d'hypocrisie dont ils parent leurs actes n'est pas seulement pour en imposer aux étrangers ; ils veulent encore que ce peuple de prolétaires qu'ils tondent bien ras, qu'ils pressurent de toute manière, auquel ils pèsent le pain, ils veulent — cruelle ironie ! — que ces esclaves, qui plient sous le faix, *se croient libres* ! Et qu'ils honorent et respectent leurs maîtres. C'est pourquoi ils leur jettent avec ostentation des paroles de liberté, de philanthropie et de religion [a]. Mais les

a) Le lecteur ne doit pas oublier que c'est en 1839 que j'étais à Londres, et que c'est dans les premiers mois de 1840 que j'écrivais ces réflexions. Depuis, la misère publique en Angleterre a pris un accroissement gigantesque. Le peuple est affamé par l'aristocratie ; chaque jour les prolétaires,

sommités sociales ne se laissent point prendre à ces déclamations pompeuses de désintéressement, quoiqu'il soit de leur intérêt de n'en point paraître douter. Leurs opinions en toutes choses, les sociétés dont ils font partie, enfin chacune de leurs actions se rapportent à leur intérêt ; c'est le mobile qui les fait sourire à un ami qu'ils rencontrent dans la rue, voter la guerre ou la paix, l'asservissement des Indiens ou l'affranchissement des nègres.

Il se trouve à Londres des centaines de sociétés dont les titres prétentieux sont autant d'*annonces* qui s'adressent à autant de clientèles ; plusieurs d'entre elles assignent un but philanthropique à l'association. Il en existe une qui se porte pour protectrice de *toutes les créatures de Dieu*, et dont l'objet est d'empêcher qu'on ne batte les *chevaux*, les *ânes*, les

---

les ouvriers meurent de faim par milliers, et la philanthropie du Parlement britannique n'abuse plus personne. Après la séance du 16 juin dernier, quel individu en Europe serait assez niais pour croire que c'est par charité chrétienne que Sir Robert Peel, Lord Stanley, Brougham, les coryphées et la majorité des deux Chambres poursuivent avec tant d'ardeur l'affranchissement des nègres ? Quel tourment infligé à l'esclave par la colère d'un maître cruel a jamais égalé les tortures de la faim ! Et c'est pour affermer leurs terres quelques shillings de plus que ces honorables gentlemen font périr dans d'horribles souffrances *des milliers de leurs compatriotes* !!! Écoutez, vous qui êtes encore dupes de l'hypocrisie anglaise, écoutez l'égoïste considération qu'allègue le ministre pour faire repousser la motion de M. Ferrand ; voyez l'impassibilité, l'absence de tout remords de cette monstrueuse assemblée VOTANT LA MORT DES PROLÉTAIRES ANGLAIS !!

« *M. Ferrand* demande que la Chambre, le 1er juillet, se forme en comité pour aviser à présenter à la reine une adresse. Cette adresse solliciterait l'emploi immédiat d'une somme n'excédant pas un million sterling (25 millions de francs), à secourir temporairement la détresse et la misère des classes ouvrières des districts manufacturiers 20 millions sterling (500 millions de francs), dit l'honorable membre, ont bien été votés pour l'émancipation des esclaves dans les Indes occidentales. Pourrait-on refuser une somme aussi faible au peuple qui souffre ?

« *Sir Robert Peel* : "Je n'aurais pas pris la parole si je n'avais craint de passer pour indifférent à la misère du peuple. La motion qui est faite à la

*chiens* et autres animaux. Les personnes trompées par le titre, le prospectus, pourraient croire à l'universelle bienfaisance des membres de cette société ; songer au bien-être des chevaux, ânes et chiens !... Quelle charité ! Que ne doivent-ils pas faire pour leurs semblables !... Encore du charlatanisme. Cette société se compose d'écuyers, de maquignons, de chasseurs, de propriétaires de voitures, d'amateurs ; leur but a été d'organiser des *moyens de surveillance* sur les domestiques auxquels ces animaux sont confiés ; car

Qui veut voyager loin ménage sa monture.

---

Chambre me paraît dangereuse. C'est un précédent qui ne manquerait pas d'être invoqué plus tard, et qui entraînerait infailliblement une énorme augmentation de taxes. Le gouvernement travaille silencieusement, mais efficacement aussi, à venir en aide à la détresse populaire."

« *M. Duncombe* appuie la motion : "Je ne citerai jamais assez d'exemples pour démontrer l'intensité de la détresse. Pour ma part, dit l'orateur, je serais tout disposé à voter cinq millions sterling plutôt qu'un, mais la Chambre, incrédule jusqu'au bout, ne croira jamais à la détresse du peuple que lorsqu'elle verra 4 ou 500 000 hommes mourant de faim apporter dans Londres le spectacle hideux de leur misère."

« La Chambre va aux voix : la motion de M. Ferrand est rejetée à une majorité de 106 voix contre 6[1]. »

1. Flora Tristan fait allusion à la grave crise économique qui secouait alors la Grande-Bretagne. Elle rapporte quelques extraits des débats opposant le progressiste William Ferrand (1809-1889), partisan du vote de fonds exceptionnels pour venir en aide aux victimes de la dépression, à Robert Peel, qui y était vivement opposé.

## *Quartier des Juifs*

*Enfants d'Israël, pourquoi, au milieu du mouvement des nations, restez-vous immobiles, comme si vous gardiez les tombeaux de vos pères ? […] Enfants d'Israël, devenez les enfants de Jésus : comprenez, aimez et soyez nos frères.*

L'abbé CONSTANT [1]

Dix-huit cents ans se sont écoulés depuis la prise de Jérusalem par Titus et la dispersion des Juifs ; et ce peuple, avec ses croyances religieuses, ses lois et ses mœurs, s'est conservé au milieu des nations. Les Romains et les destructeurs des Romains sont passés, et ce peuple est encore debout ! Lorsque nous comparons Moïse aux autres législateurs, la prodigieuse durée de ses institutions nous frappe d'étonnement.

Cependant, si l'on examine les circonstances qui ont concouru à cette durée, et si l'on réfléchit au

1. Alphonse-Louis Constant (1810-1875) ne fut jamais ordonné prêtre, mais fut séminariste et moine. Esprit généreux mais excentrique, défenseur des ouvriers et des femmes, il s'occupera surtout de magie et d'occultisme. Il a publié un nombre très considérable d'ouvrages, parmi lesquels *L'Assomption de la femme ou Le Livre de l'amour* (1841) et *L'Émancipation de la femme ou Le Testament de la paria. Ouvrage posthume de Mme Flora Tristan, complété d'après ses notes et publié par A. Constant* (1846) qui est en réalité de sa main. Le souhait de voir les Juifs se convertir au catholicisme est ancien et récurrent.

moral de l'homme, tout le merveilleux s'évanouit. L'ignorance assure à toute espèce de croyances religieuses et de superstitions une existence sans limites ; et si à cette ignorance vient se joindre la persécution, alors la ferveur religieuse devient incandescente et la religion semble prendre une nouvelle vie. Depuis leur dispersion, les Juifs ont eu les chrétiens et les musulmans pour persécuteurs ; et leur dévouement à leur religion s'est en tout temps montré en raison directe des persécutions dirigées contre eux. L'homme n'est point aussi égoïste, aussi matériel, aussi dominé par ses appétits qu'on l'accuse de l'être ; l'idée de l'infini, la satiété des jouissances sensuelles, le sentiment de son indépendance sont toujours en lui. Et, lorsque les croyances religieuses dans lesquelles il a été élevé soutiennent sa volonté, il brave les tortures et accepte la mort. Ensuite, cette existence de tribulations, cette vie isolée du milieu social nous donnent la confiance de notre supériorité. Quelle que soit la croyance religieuse, ou même l'opinion individuelle, ou de parti politique, pour laquelle nous sommes persécutés, le sentiment de notre grandeur morale s'accroît toujours avec les souffrances que nous endurons pour la liberté de notre pensée. Ce sentiment peut arriver même à un tel état d'exaltation qu'il métamorphose la douleur en joie. Avec quel dédain n'envisage-t-on pas alors la foule qui ne vit que par ses sens !

La presse, qui met les livres à la portée de tous, et l'instruction primaire parvenue enfin jusqu'aux masses populaires donnent au genre humain un sens additionnel. Actuellement, il n'est pas de croyance religieuse que n'usent assez promptement la tolérance et la liberté de la pensée. Les Juifs français n'ont pas plus de ferveur que les catholiques, et si le roi de Prusse par une petite persécution ne vient en aide au judaïsme cette religion ne conservera pas dans l'Europe centrale plus d'influence sur ses sectaires que les autres religions.

Traités partout en PARIAS, partout repoussés de la société, les Juifs ont formé entre eux une société, et par le fait de cette position ils ont eu l'avantage inappréciable de n'être retenus, dans le choix de leurs moyens d'existence, par aucun préjugé, par aucune considération ; en même temps, les persécutions auxquelles ils étaient en butte les ont rendus secourables les uns pour les autres ; tandis que leur confiance en la Providence et l'attente d'un *Messie* donnaient à une existence plongée dans l'abjection une divine idéalité !... et leur faisaient supporter la souffrance avec une religieuse résignation.

Les Juifs riches sont très charitables pour leurs coreligionnaires et vivent entre eux d'une manière plus fraternelle que ne le font en général les diverses sectes chrétiennes[a].

À Londres, la population juive est considérable ; elle se trouve répandue dans tous les quartiers, mais elle est tellement agglomérée dans la paroisse Saint-Gilles que les rues qu'elle habite sont désignées sous le nom de *quartier des Juifs*[1].

a) Mme veuve Nathan de Rothschild est d'une charité admirable pour ses coreligionnaires ; elle a établi à Londres une école où cinq cents enfants de six à douze ans reçoivent une éduction appropriée à leur condition ; elle les habille et paye leur apprentissage chez les maîtres où ils sont placés pour apprendre des professions ; elle donne aussi des layettes et des secours aux femmes en couches et fournit aux besoins des vieillards infirmes ou malades. Au surplus, les membres de la nombreuse famille des Rothschild se distinguent par leurs abondantes charités et le discernement avec lequel ils les font.

1. D'après François Bédarida, la communauté juive de l'époque, très soudée, dotée d'institutions propres et dont les origines remontaient au XVIIe siècle, quand elle avait reçu l'autorisation de s'installer dans le nord-est de Londres, comptait environ 20 000 personnes vers 1850.

Avant de pénétrer dans le quartier des Irlandais, si j'étais allée dans celui des Juifs, l'abaissement du peuple de Moïse m'eût paru extrême ; mais, comparativement aux Irlandais que j'avais vus, les Juifs me parurent jouir à Londres d'une position florissante.

Les Juifs, en général, savent mieux vendre et acheter que les commerçants d'aucune nation ; mais le prix qu'ils demandent ou qu'ils offrent est toujours proportionné non à la valeur des choses, mais aux connaissances des gens avec qui ils ont affaire : c'est ce qui souvent les fait passer pour fripons. Convenons-en, il est peu de marchands qui n'agissent de même quand ils le peuvent, à moins qu'ils n'aient intérêt à achalander la boutique par le bon marché des objets. Tous les Juifs sont très industrieux, très habiles et fort actifs ; ceux du quartier Saint-Gilles sont cordonniers ou marchands de vieux habits.

Les rues de Monmouth, Saint-Gilles, etc., sont remplies de boutiques où s'étalent, en montre, de mauvais souliers, de vieux chiffons et de vieux habits ; des marchands de bric-à-brac, des chaudronniers, etc., occupent les autres. Oh ! la vue de ces milliers de *savates*, de ces haillons et de tout ce fatras, l'objet d'une aussi grande branche de commerce donne une idée plus vraie de la misère de la ville monstre que tous les rapports d'enquête et mémoires qu'on pourrait faire. Cela fait frémir ! l'imagination effrayée se demande qui pourra acheter de pareilles loques ! Qui ? Oubliez-vous donc que le peuple d'Irlande est entièrement nu ? Qu'il n'a jamais mis de *souliers*, jamais mis de *chemise* ?

Mon Dieu, quelle misère ! Comment y arrêter sa pensée ?...

Tous les rez-de-chaussée des vieilles masures de ce quartier sont autant de boutiques, en sorte que les pauvres marchands habitent les cuisines placées dans les *caves* ; pour y descendre, on a pratiqué sur la rue un *escalier-échelle*, qui est perpendiculaire à un tel point que je n'en ai jamais vu de semblable à bord du plus mauvais bâtiment marchand. Lorsqu'on passe sur les trottoirs étroits de ces rues, la vue de ces escaliers-échelles vous donne le vertige. Toutes les caves sont autant de *chenils* où s'entasse pêle-mêle le malheureux peuple d'Israël. Dans chacune on voit six, sept ou huit marmots sales, maigres, hâves, gisant à terre parmi les vieux souliers, les dégoûtants haillons, et se traînant sur l'échelle, comme on voit les limaces se traîner le long des escaliers des caves. Par quel miracle ces enfants ne se brisent-ils pas la tête en montant et descendant ces escaliers cent fois par jour ? C'est ce qu'on ne peut concevoir. Pauvres créatures ! Il y a dans ces caves des milliers d'êtres humains, sujets anglais, parlant anglais, et auxquels personne ne fait attention. On se contente de dire avec mépris : « Ce sont *des Juifs*... »

Ah ! comme en Angleterre l'égoïsme se trouve à l'aise lorsqu'il peut cacher sa cruauté sous un préjugé religieux !

Cependant, quoique ce quartier soit bien sale, bien pauvre, bien désolant à voir, ce n'est rien comparativement à *Petticoat Lane*, le vrai quartier des Juifs, et où se tient le marché aux vieux habits.

Je me souviens que, cherchant l'entrée de *Petticoat Lane*, nous nous adressâmes à un *policeman* qui, tout effrayé, nous dit : « Gardez-vous bien d'entrer dans cette rue... les *policemen* n'y vont jamais, et si l'on vous attaquait personne ne pourrait aller à votre secours. » Je n'ai pas oublié l'expression d'inquiétude qui se peignit sur les traits de cet honnête *policeman* lorsqu'il nous vit persister dans notre projet et entrer dans *Petticoat Lane.*

Nous parcourûmes quatre ou cinq rues entièrement dépavées et remplies de fange ; la plupart sont si étroites qu'une voiture ne peut y passer. Mais l'aspect de ce quartier est entièrement différent de celui des Irlandais : chez les Irlandais, tout est désert, triste et silencieux ; chez les Juifs, la foule est si compacte qu'on ne peut circuler. L'air manque, on étouffe ; puis tout ce monde de marchands est en mouvement ; tous, hommes, femmes et enfants, ont la même expression, une cupidité active. Tous parlent à la fois, l'un pour vanter la marchandise qu'il veut vendre, l'autre pour déprécier celle qu'il veut acheter : ce sont des cris, des disputes, des apostrophes grossières, un vacarme à ne pas s'entendre.

Nous vîmes là des monceaux de vieilles hardes ! Ces guenilles exhalent une odeur tellement forte que nous sortîmes de ce cloaque avec un mal d'estomac qui nous faisait soulever le cœur.

Cependant je souffris moins, en visitant ce quartier, que je n'avais souffert dans celui des Irlandais. La misère extérieure des Juifs est extrême, mais elle n'est pas pénible à voir comme celle des Irlandais ; on voit que les haillons sales qui les couvrent n'affectent en rien leur moral. Le Juif, en général, aime l'argent *pour l'argent,* et non pour en faire parade en objets de luxe ; peu lui importe d'être mal couvert, mal logé, mal nourri, pourvu qu'il ait par-devers lui un *petit magot* caché ou à l'abri des banqueroutes et des révolutions : cela suffit pour sa satisfaction intérieure. Il est heureux non qu'on le croie riche, mais de savoir qu'il l'est réellement ; c'est pourquoi ces Juifs, tout misérables qu'ils paraissent, sont pleins de courage, d'activité et de contentement.

Non loin de ce marché, il y a une rue habitée par les filles publiques juives ; son aspect est si dégoûtant et si hideux que j'avoue, dût-on me taxer de faiblesse, que je ne me sentis pas le courage d'y pénétrer. J'aperçus aux fenêtres cinq ou six femmes presques nues… Oh ! c'était par trop repoussant !

Pas un *policeman* ne circule dans ce quartier : les pauvres parias sont abandonnés à eux-mêmes. Il s'y commet souvent des vols et des assassinats.

## *Courses d'Ascot Heath*

*La taille ordinaire des chevaux est de quatre pieds neuf à dix pouces. Leurs membres sont grêles ; mais le développement de leurs jarrets et la forme prononcée des articulations indiquent une grande force et donnent la raison de la vitesse qu'ils déploient ; leur corps est extrêmement mince et effilé ; les muscles, et jusqu'aux veines, se dessinent dans tous leurs détails, sous une peau très fine et un poil très court et très uni. La nourriture qu'on donne au cheval de course est peu abondante. L'estomac, et par suite la charpente osseuse, celle du corps surtout, prennent peu de développement. L'action imprimée aux muscles par les efforts de courses forcées donne à la partie musculeuse une saillie qui favorise une absence complète de graisse.*

*Pour ramener les jockeys trop pesants au poids qu'ils doivent avoir, on ajoute à une nourriture substantielle, mais d'un faible volume, les purgations fréquentes, les promenades avec une charge de couvertures, afin de provoquer la transpiration, et une foule d'autres précautions de même genre.*

Baron d'HAUSSEZ,
*La Grande-Bretagne*
*en mille huit cent trente-trois*

En France, et dans tout pays où l'on se pique de quelque courtoisie, l'être de la création le plus honoré, c'est la femme ; en Angleterre, c'est le cheval. Dans ces îles fortunées, le cheval est roi ! Non seulement il a le pas sur la femme, mais encore l'homme le lui cède.

Les courses les plus renommées sont celles de *Newmarket*, d'*Epsom* et d'*Ascot Heath*[1] ; je ne connais que ces dernières.

En Angleterre, les courses sont de grands événements, qui prennent, aux yeux des spectateurs, le caractère d'une solennité. Les courses d'Ascot ont lieu dans les trois derniers jours de mai ; elles sont, pour le peuple de Londres et des environs, ce que sont pour les catholiques les augustes cérémonies de la semaine sainte à Rome, ou ce que sont pour les Parisiens les trois derniers jours du carnaval.

Cette grande fête a un attrait universel pour les Anglais de tout sexe, de tout âge, de toutes conditions. Pour figurer dignement dans ces trois jours, chacun se met en frais. Les dames de la haute aristocratie font venir de Paris les toilettes les plus nouvelles, les plus élégantes ; les lords, les financiers, les riches *fashionables*, tout ce peuple de dandys, commandent de riches équipages, achètent de nouveaux chevaux et habillent leurs gens d'une livrée neuve. Les marchands de la Cité ferment boutique, louent une remise et abandonnent les affaires pour les courses. Les femmes galantes, dans leurs plus beaux atours, se prélassent dans de riches coupés traînés par quatre chevaux que conduisent deux jockeys, et ces jockeys se distinguent par la couleur de la veste, qui est rouge, jaune, verte, bleue, etc., mais tous ont le costume de

1. Ces célèbres courses de chevaux attiraient un nombre considérable de curieux de toutes origines sociales. Celles de Newmarket (West Suffolk), célèbre pour ses élevages de chevaux, dataient du XVe siècle, celles d'Epsom (Surrey) de la fin du XVIIIe siècle, la plus célèbre des courses d'Ascot (Berkshire), la *Gold Cup*, avait été créée en 1807.

rigueur : culotte de peau blanche, bottes à revers, petite casquette de chasse ; il n'y a pas, enfin, jusqu'à la dernière des prostituées qui ne trouve moyen, dût-elle mettre en gage sa seule chemise, d'acheter pour ce jour-là des souliers, des gants, une robe et un chapeau neufs. Telle femme économe qui s'est privée, pendant tout l'hiver, des choses les plus nécessaires dépense, pour aller aux courses, toutes ses petites épargnes avec une prodigalité qui tient de l'enthousiasme !

Les petites-maîtresses[1] parisiennes s'imaginent peut-être que les courses d'Ascot sont des promenades semblables en tout à notre Longchamp, dont le chemin est arrosé, afin que la poussière ne vienne pas faner les fraîches toilettes, et que les dames anglaises, assises commodément sur des chaises, n'ont d'autre fatigue que de se laisser admirer. Non, en Angleterre, les choses ne se passent pas ainsi.

Ascot est situé à trente miles[2] de Londres, et comme la première course commence ordinairement à midi il faut que les amateurs partent de Londres à quatre, cinq ou six heures du matin afin d'arriver à temps. Il n'y a qu'une route pour aller à Ascot, et depuis quatre heures jusqu'à midi ou une heure plus de trois mille voitures de toute espèce suivent ce même chemin. La route est généralement large ; cependant en quelques endroits elle est fort étroite ; il se trouve plusieurs ponts et de plus une quantité de barrières où il faut payer ; dans ces circonstances, on prend la file. Le chemin est sablonneux, et, comme la veille du jour où j'assistai aux courses il avait plu, les ornières étaient parfois très

1. D'abord utilisé au masculin, le mot, à partir de la deuxième moitié du XVIIIe siècle, désigne une femme élégante, maniérée et prétentieuse.

2. À environ quarante-cinq kilomètres.

mauvaises. Après Windsor, les roues entraient dans un sable mouvant semblable à de la cendre ; eh bien, chose admirable, malgré les inconvénients de la route et l'encombrement des équipages, l'ordre le plus parfait ne cessa de régner un instant, et je n'entendis pas dire qu'*une seule voiture eût versé* !

Les Anglais ont, il faut en convenir, un instinct tout particulier pour conduire les chevaux ; de plus, ils sont habitués à respecter l'*ordre des rues*, des chemins et des foules, ils l'observent avec la rigoureuse exactitude d'un régiment prussien à l'exercice. Cet ordre, qu'on ne rencontre chez nul autre peuple, tient aussi à l'esprit du gouvernement ; dans ce pays tout est hiérarchisé, jusqu'aux voitures *sur la voie publique* ! Les équipages *blasonnés* ont le pas sur tous les autres, les voitures bourgeoises à quatre chevaux le prennent sur celles qui n'en ont que deux, celles-ci sur les cabriolets et les tilburys, les landaus de louages sur les diligences, les diligences sur les omnibus, les omnibus sur les fiacres, et ainsi de suite en descendant jusqu'à la *charrette*, qui elle-même passe devant le *tombereau*. Voilà le secret de cet ordre admirable. Chacun a son rang ! Maintenant veut-on savoir ce que faisait et disait cette foule de personnes de toutes classes qui remplissait ces huit mille voitures ? Il semble, à nous autres Français, qu'elles devaient être joyeuses, parler, chanter, s'agacer de propos plus ou moins spirituels, comme on le fait aux foires de Saint-Cloud ; rien de tout cela. Les dames de la haute aristocratie, magnifiquement parées, étaient couchées nonchalamment dans le fond de leurs voitures et paraissaient parfaitement indifférentes à tout ce qui se passait autour d'elles ; quelques-unes lisaient un roman. Les jeunes dandys fumaient des cigares ; les financiers avaient une petite table dans le milieu de la voiture et buvaient du champagne ; les petits-bourgeois, pressés dans l'intérieur et sur l'impériale des diligences et autres voitures publiques, passaient les uns à côté des autres sans se dire un mot ; le bas peuple, qui était entassé pêle-mêle dans de grands chars à bancs couverts, jouait aux cartes et buvait de la bière ; enfin les petits propriétaires et fermiers dans leurs tilburys, cabriolets, carrioles, etc., étaient absorbés par l'attention qu'ils mettaient à conduire leurs chevaux ; c'est de la sorte qu'au milieu de cette foule d'hommes, de chevaux et de voitures le silence régnait.

Cependant, de temps en temps on entendait quelques cochers se dire de grosses injures pour se reprocher leur maladresse mutuelle ou leur présomptueuse effronterie de vouloir dépasser les autres ; mais ces mots, dits sans passion, sans colère, n'annonçaient aucune querelle sérieuse ; ils perdaient leur valeur par le sang-froid et l'accent monotone avec lesquels ils étaient prononcés. J'étais stupéfaite et ne pus m'empêcher de réfléchir que, si de pareilles courses avaient lieu en France, trois compagnies de gendarmes à cheval ne suffiraient pas pour maintenir l'ordre parmi ces trois mille voitures ! Que de querelles, que de disputes, que de batailles parmi les cochers, que de chevaux estropiés et de voitures versées ! Que de chants, de rires fous, de cris feraient entendre mes turbulents compatriotes, si quarante mille à cinquante mille d'entre eux devaient parcourir la route de Paris à Pontoise de quatre heures du matin à midi ! Oui, mais aussi cette facilité à s'émouvoir, à s'enthousiasmer, transforme dans l'occasion les Parisiens en héros. Ceux qui ont fait une révolution en trois jours ne se laisseraient pas impunément *peser le pain* ! Tandis que les ouvriers anglais endurent la misère, souffrent la faim, l'aristocratie anglaise jouit paisiblement de ses maisons de plaisance, de ses beaux équipages et de ses chevaux de course…

Le climat en Angleterre rend toute partie de campagne sinon impossible, du moins très pénible. Le matin, lorsque nous partîmes, le brouillard était épais, humide et froid ; vers onze heures, le soleil commença à pointer ; bientôt il devint assez ardent pour aveugler les voyageurs qui étaient huchés sur le haut des diligences (c'était le plus grand nombre, et j'en faisais partie) et pour absorber entièrement l'humidité du sol ; il s'éleva alors de cette route sablonneuse, piétinée par tant de milliers de chevaux, un nuage de poussière non interrompu et si épais qu'on ne pouvait distinguer à dix pas devant soi. Au sortir du parc de Windsor, le nuage de poussière nous enveloppait entièrement ! Je n'avais encore rien vu en ce genre d'aussi effroyable.

Nous arrivâmes à Ascot à midi et demi ; le nombre des voitures était déjà immense ; toutes se rangeaient en fer à cheval autour de l'espace que devaient parcourir les chevaux de course, et dans la disposition des voitures le même ordre hiérarchique était scrupuleusement observé. De dix pas en dix pas stationnaient des *policemen* qui faisaient dételer les chevaux aussitôt que la voiture arrivait et la faisaient placer selon sa classe, de manière à prendre le moins de place possible.

L'emplacement où se fait la course et où se tient la *fête* est très spacieux ; le terrain est élevé, et de ce point de vue on découvre un panorama magnifique.

L'espace réservé aux chevaux, héros de la fête, était entouré de cordes soutenues par des poteaux placés de distance en distance ; mais, dans les intervalles des courses, le public pouvait se promener dans la lice. Là se trouvaient réunies peut-être cinquante ou soixante mille personnes, peut-être même davantage, car tout ce monde était distribué sur un terrain si immense qu'il était difficile de juger du nombre.

Cette foule offrait un spectacle bien différent de celui que présentent les foules parisiennes aux Champs-Élysées ou au Champ-de-Mars ; le silence régnait ; pas de musique, pas de danses, pas de théâtres, pas de saltimbanques avec la grosse caisse, pas de monstres ni de *phénomènes* qui se montrent aux savants pour la somme de quatre sous ; pas de boutiques de gâteaux et de joujoux, pas d'enfants avec de grands mirlitons ; en un mot, rien de ce qu'on voit dans nos foires. Mais, en revanche, je vis sur un seul point de cette vaste plaine vingt-cinq ou trentes tentes sur lesquelles était écrit en grosses lettres rouges : *Ici on joue à la roulette*[a]. De plus, on rencontrait à chaque vingt pas un *banquier ambulant*, tenant un jeu de hasard sur une petite table pliante *d'un pied carré*, sur laquelle il y avait trois dés à coudre et un pois ; toujours il y avait foule autour de ces petites tables, et on y jouait gros jeu. Je vis un jeune paysan jouer jusqu'à 6 livres sterling (150 F) d'un coup. Les jeux de hasard sont sévèrement prohibés par la loi, et néanmoins ils s'établissent partout ouvertement, par la connivence et la corruption des agents chargés de l'exécution de la loi. En vérité, je ne sais s'il ne vaudrait pas mieux *vendre du poison* au peuple, le traiter comme *des Chinois*, que de lui ins-

a) Les banquiers de roulette indiquaient aussi sur les tentes le club de Londres dont ils étaient les agents, afin de faire, au besoin, accepter par les joueurs leur papier comme argent.

pirer une passion qui lui fait prendre le travail en aversion et le dispose à commettre toute action hostile contre la société.

Toutefois, dans la situation actuelle des sociétés, le jeu, confiné dans les classes opulentes, est un agent utile pour disperser les richesses que le mouvement social tend incessamment à accumuler. Je considère non seulement la ruine des hommes qui vivent de leurs revenus, dans le luxe et l'oisiveté, comme avantageuse à la société, mais même je ne puis imaginer une seule circonstance où l'accumulation des richesses dans une seule main soit nécessaire à cette société. Pour les grandes entreprises, les hommes peuvent toujours réunir leurs capitaux individuels aussi bien que leurs forces, et les richesses accumulées qui dispensent l'homme du travail le rendent nécessairement vicieux et sont la plus grande des calamités sociales.

Voici les chevaux qui partent ! Six de front ; de toutes parts s'élèvent des exclamations. *Oh ! what speedy racer !! prodigious rapidity indeed ! astonishing !! astonishing !! wonderful !! wonderful !!!*

Ici je m'attends à me trouver en opposition avec l'opinion généralement reçue ; mais, devrais-je passer aux yeux des *amateurs* pour une véritable barbare, à jamais indigne de mettre le pied dans une écurie, je dirai franchement que le cheval anglais me déplaît souverainement.

Le cheval est, sans contredit, un des beaux animaux de la création ; mais la domesticité altère plus ou moins la beauté de ses formes, et les Anglais ont, plus qu'aucun peuple, fait disparaître dans le cheval les gracieux contours de la nature. Observez bien, messieurs, que je parle ici en artiste, en amante passionnée de la beauté, sans tenir aucun compte des qualités que vous exigez. En voyant les chevaux de course anglais, dont le corps est long, étroit, maigre, efflanqué, les jambes d'une longueur disproportionnée, le cou toujours tendu, portant la tête en avant, les naseaux au vent comme de grands chiens de chasse ; en leur voyant constamment une expression triste, morne et stupide ; en vérité, pour peu qu'on ait en soi l'instinct de l'harmonie, le sentiment de la forme, on ne peut s'empêcher de dire : voilà un animal bien *laid*.

Le cheval arabe, le cheval andalou, le cheval chilien sont de divines créatures ! Elles réunissent tout : l'élégance à la grâce, la force à l'agilité, la souplesse à la hardiesse des mouvements, la beauté de la robe à la pureté des lignes, la vivacité de l'expression au feu du regard. En voyant un de ces chevaux, soit au repos, en marche, ou lancé, tous s'écrieront : oh ! quel superbe animal !

Mais, me dira-t-on, l'objet du cheval anglais n'est pas de paraître beau, gracieux, agréable à l'œil ; il est élevé pour le trait ou pour la course : la destination de ceux-ci est de courir. Pauvre bête ! ils n'ont pas respecté en toi l'œuvre de Dieu ; tu es la créature de leurs mains. Les malheureux ! comme ils t'ont traitée ! Ils t'ont voulue sans crinière et sans queue ; ils ont contourné tes formes, anéanti plusieurs de tes facultés pour en exagérer d'autres ; tu n'es plus qu'un être chétif, qui a perdu son type primitif : pauvre bête ! comme tu as été avilie par eux ! Ils t'ont réduite à n'être qu'une *machine locomotive,* ou la *roulette* qui, par sa lenteur ou sa rapidité, détermine la *perte* ou le *gain.* Pauvre bête ! Méchants hommes !

Les jockeys sont des personnages importants ; de leur talent autant que des jambes du cheval, dépend le résultat de la course. Il est curieux de voir l'attention défiante que les *parieurs* apportent dans l'examen des chevaux et des jockeys ; car, dans ce jeu de maquignons, les tricheries sont très communes, et les *grooms* et les jockeys en sont les compères [a]. Les parieurs visitent les pieds, la bouche, le ventre et les oreilles des chevaux ; puis, passant aux jockeys, les questionnent et commentent leurs paroles.

Les chevaux sont désignés par la couleur de la veste des jockeys qui les montent ; en voyant des sommes énormes s'engager dans des paris pour la veste rouge ou noire, je songeais au jeu des tripots, et celui que j'avais sous les yeux me paraissait beaucoup plus immoral, car la vie des chevaux et des hommes y était exposée. Il me semble que les chevaux de course pourraient être avantageusement remplacés par des *vélocipèdes*, qui rempliraient pour les joueurs le même objet, sans faire courir de danger au cavalier.

Cinq courses eurent lieu à huit, six, quatre et deux chevaux ; du reste, ce plaisir est de bien courte durée : quelques minutes au plus pour chaque course.

Maintenant revenons à la foule. Le monde se portait d'abord vers le pavillon où étaient placés la reine et le grand-duc de Russie ; la reine saluait gracieusement *ses sujets*, et le grand-duc regardait la foule d'un air de protection. Puis, après s'être promené quelques instants, on allait sous les tentes jouer à la roulette, et le peuple jouait aux trois dés avec les banquiers.

Mais, quelque plaisir que pût offrir le jeu à la

a) Ils usent de divers moyens, m'a-t-on assuré, pour empêcher un cheval de courir avec sa supériorité accoutumée ; ils l'affaiblissent en lui faisant prendre des drogues, lui serrent fortement une des jambes avec un cordonnet en soie caché par le poil, ou ce sera le jockey qui conduira le cheval de manière à se laisser dépasser.

roulette, aux trois dés et aux chevaux, le plaisir le plus vif de toute cette foule était de boire et de manger.

Toutes ces belles dames en robes de soie roses, bleues, jaunes, vertes, etc.[a], mangeant sur leurs *genoux* d'énormes morceaux de jambon, de bœuf froid, de pâté et autres mets de cette nature, avec force libations de vins de porto, de sherry et de champagne, étaient pour moi un spectacle aussi curieux que nouveau. Les courses ont duré environ trois heures, et j'ai vu des calèches où l'on a mangé et bu pendant trois heures !

J'attendais toujours le moment de la gaieté... La gaieté ne parut nulle part. Je vis des femmes se trouvant mal ; d'autres qui dormaient ; des hommes balbutiant l'impudence, et d'autres, chez lesquels l'ivresse se montrait plus dégoûtante encore, ne pouvaient plus se soutenir ; mais tout cela était mortellement froid, ennuyeux et révoltant. Voilà pour la classe riche. Quant au peuple, il se réunissait sous des tentes élevées tout exprès pour ces trois jours. Pauvre peuple ! il n'est pas beau à voir en haillons. Ces tentes étaient très petites, manquaient d'air, de jour et de lumière ; les hommes, assis autour de grossières tables en bois, mangeaient du lard avec du pain bis (contenant le son), buvaient de la bière ou du *gin* (genièvre) et fumaient un tabac exécrable ! Dans quelques-unes on dansait ; les femmes qui dansaient étaient des filles publiques de bas étage : en Angleterre, la femme et la fille de l'ouvrier ne prennent aucun plaisir.

a) En général, les dames anglaises aiment beaucoup les couleurs *criardes* ; c'est surtout dans les grandes réunions qu'on peut juger combien ce goût est commun parmi elles.

Je remarquai aux courses d'Ascot une immense quantité de Bohémiens tirant la bonne aventure avec un prodigieux succès, particulièrement parmi les gens du peuple. Cette nation errante, qui se trouve en tous pays sur la surface de notre vieux monde, vivant d'aumônes, de larcins et d'adresse, dont l'existence est plus inexplicable que celle des Juifs, puisque ceux-ci travaillent, tandis que les Bohémiens refusent de s'astreindre à aucun travail et s'imposent partout ; cette nation a conservé, encore plus que les Juifs, l'intégralité de son caractère primitif. Je vis là des familles tout entières, à la peau noire et basanée, aux cheveux noirs, lisses et huileux, aux dents blanches, aux yeux pleins d'un feu mélancolique. Ces gens portaient le costume de leurs pères, et ils en parlaient la langue entre eux, langue que parlent aussi, assure-t-on, toutes les tribus de Bohémiens en Europe, en Asie et en Afrique. Une de ces femmes s'approcha de moi pour me dire la bonne aventure ; c'était une jolie fille de dix-sept ans, faite comme la Esmeralda[1] ; un pied de Liménienne[2], une taille souple et fine, de petites mains et une voix voluptueuse. Ces femmes passent pour être très sages : un Anglais m'a dit avoir offert à l'une de ces filles quarante livres sterling pour passer la nuit avec elle, elle les refusa. Les enfants de ces Bohémiens étaient presque nus.

Enfin, vers six heures, les voitures commencèrent

1. Paru en 1831, le roman de Victor Hugo, *Notre-Dame de Paris,* avait connu un triomphe et la jeune héroïne gitane, du nom d'Esmeralda, passait désormais pour un type.

2. Lors de son séjour au Pérou, Flora Tristan avait admiré les jeunes femmes de Lima. Dans *Pérégrinations d'une paria* (1837), elle détaille leur physique et leur superbe costume avant de se féliciter de leur force de caractère.

à se mettre en mouvement. Je crus que le désordre allait être effroyable ! Nullement. Tout se fit avec la même régularité que le matin ; les *policemen* faisaient atteler les chevaux aux voitures des premiers rangs ; les cochers qu'ils jugeaient trop ivres pour conduire étaient dépossédés de leur siège et remplacés. Les gens ivres furent mis dans l'intérieur des voitures, ceux qui ne l'étaient qu'à moitié furent placés en haut, mais entre deux personnes, afin qu'ils ne tombassent pas, et tous s'acheminèrent à travers un nuage de poussière à ne pas se voir.

Nous arrivâmes à Londres à une heure du matin, et nous avions laissé plus d'un tiers des voitures après nous. Il faisait un froid extrême, le brouillard était épais et l'humidité pénétrante ; nous étions glacés.

C'était vraiment pitié de voir toutes ces dames, qui, le matin, étaient si fraîchement, si élégamment parées, revenir couvertes de poussière, sales et entièrement méconnaissables.

Une pareille fête s'appelle, en Angleterre, *une partie de plaisir.*

## *Les femmes anglaises*

*Peut-on voir une ombre de justice dans le sort qui leur est dévolu [aux femmes] ? La jeune fille n'est-elle pas une marchandise exposée en vente à qui en veut négocier l'acquisition et la propriété exclusive ? Le consentement qu'elle donne au lien conjugal n'est-il pas dérisoire et forcé par la tyrannie des préjugés qui l'obsèdent dès son enfance ? On veut lui persuader qu'elle porte des chaînes tissées de fleurs ; mais peut-elle se faire illusion sur son avilissement, même dans les régions boursouflées de philosophie, telles que l'Angleterre, où les hommes jouissent du droit de conduire leur femme au marché, la corde au cou, et la livrer comme une bête de somme à qui veut en payer le prix ? Sur ce point, notre esprit public est-il plus avancé que dans ces siècles grossiers où certain concile de Mâcon, vrai concile de Vandales, mit en délibération si les femmes avaient une âme, et l'affirmative ne passa qu'à une majorité de trois voix ? La législation anglaise, tant vantée par les moralistes, accorde aux hommes divers droits non moins déshonorants pour le sexe ; tel est le droit qu'a l'époux de se faire adjuger un dédommagement pécuniaire aux dépens de l'amant reconnu de son épouse. Les formes sont moins grossières en France, mais l'esclavage est, au fond, toujours le même.*

FOURIER, *Théorie des quatre mouvements*[1]

1. *Théorie des quatre mouvements et des destinées générales* de Charles Fourier (1772-1837) avait paru en 1808. Philosophe et économiste, il milita notamment en faveur d'une industrie « naturelle » et publia *Le Nouveau Monde*

Quel révoltant contraste en Angleterre que l'extrême servitude des femmes et la supériorité intellectuelle des femmes auteurs ! Il n'existe pas de maux, de douleurs, de désordres, d'injustices, de misères résultant des préjugés de la société, de son organisation et de ses lois qui aient échappé à l'observation des femmes auteurs. C'est un brillant phénomène que les écrits de ces Anglaises qui éclairent le monde moral d'un si vif éclat ; et surtout quand on considère l'éducation absurde qu'elles ont eu à subir et l'influence abrutissante du milieu dans lequel elles ont vécu.

Il suffit de résider quelques mois en Angleterre pour être frappée de l'intelligence et de la sensibilité des femmes ; de plus, elles sont susceptibles d'une attention soutenue et ont de la mémoire ; avec ces dispositions, il n'est rien d'inaccessible dans la sphère intellectuelle. Elles sont nobles et grandes dans leurs manières ; mais, hélas ! toutes ces bonnes qualités natives sont étouffées par un système d'éducation fondé sur des principes faux et par l'atmosphère d'hypocrisie, de préjugés et de vices qui entoure leur vie [1].

L'existence des Anglaises est tout ce qu'on peut

---

*industriel et sociétaire ou Invention du procédé d'industrie attrayante et naturelle distribuée en séries passionnées* en 1830. Flora Tristan avait fait sa connaissance en août 1835 et lui avait adressé plusieurs lettres. « Chaque jour je me pénètre davantage de la sublimité de votre doctrine », lui avait-elle écrit.

1. Du seul point de vue légal, le sort des Anglaises était plus problématique que celui des Françaises : jusqu'en 1870, les femmes mariées ne diposaient en effet d'aucun droit. Les contraintes d'une société pudibonde et conservatrice étaient considérables ; elles expliquent en partie les positions radicales des mouvements féministes de ce pays, particulièrement actifs, et la place de cette question dans la littérature anglaise du XIXe siècle où les femmes de lettres sont nombreuses.

imaginer de plus monotone, de plus aride et de plus triste. Pour elles le temps n'a pas de mesure, et les jours, les mois, les années n'apportent point de changement à cette accablante uniformité.

Jeunes filles, elles sont élevées selon la position sociale de leurs parents ; mais, quelque rang qu'elles doivent occuper, c'est toujours, sauf de légères nuances, sous l'empire des mêmes préjugés que se dirige l'éducation.

Dans ce pays du plus atroce despotisme, et dont il a été de mode longtemps de vanter la liberté, la femme est soumise par les préjugés et la loi aux inégalités les plus révoltantes ! Elle n'hérite que lorsqu'elle n'a pas de frères ; elle est privée des droits civils et politiques, et la loi l'asservit en tout et pour tout à son mari. Façonnée à l'hypocrisie, portant en entier le joug pesant de l'opinion, tout ce qui développe ses facultés, tout ce qu'elle endure a pour résultat inévitable de matérialiser ses goûts, d'engourdir son âme et d'endurcir son cœur.

Les romanciers anglais, révoltés des scènes qu'ils voyaient dans l'intérieur des familles, en ont rêvé d'autres, auxquelles ils ont cru sur le témoignage de leur imagination ; aussi autant ils sont vrais lorsqu'ils peignent les ridicules du commun des *gentlemen*, les airs bigots et prétentieux de la bourgeoisie, les tyrannies du père et de l'époux, l'insultant orgueil des supérieurs, la bassesse des subalternes, autant ils s'éloignent de la réalité dans leurs tableaux de bonheur domestique. Le bonheur sans la liberté ! Le bonheur a-t-il donc jamais existé dans la société du maître et de l'esclave ?

Voici comment les choses se passent dans les familles qui jouissent de l'aisance.

Les enfants sont confinés au troisième étage, avec

leur nourrice, bonne ou gouvernante ; la mère les demande lorsqu'elle veut les voir ; et seulement alors les enfants viennent lui faire une courte visite, pendant laquelle la mère leur parle d'un ton cérémonieux[a]. La pauvre petite fille étant privée de caresses, ses facultés aimantes restent inertes ; elle ignore entièrement la douceur de l'intimité, de la confiance, de l'épanchement, que toute petite fille est naturellement portée à avoir pour une mère qui l'aime ; elle a pour son père, qu'elle connaît à peine, un respect mêlé de crainte, et pour son frère une considération et une déférence que, dès le plus bas âge, on l'oblige à lui montrer.

Le système suivi pour l'éducation des jeunes personnes me semble propre à hébéter l'enfant le plus intelligent.

M. Jacotot dit : « *Tout est dans tout*[1]. » L'éducation anglaise semble démontrer, au contraire, qu'*en tout n'est rien.* On ne s'occupe que d'imprimer sur ces jeunes cerveaux *des mots* de toutes les langues européennes ; quant *aux idées,* on n'y songe même point. Dans cette extravagante manie, la cruauté égale la stupidité ; on donne à une enfant une *nourrice allemande,* une *institutrice française,* une *bonne espagnole,* afin qu'elle apprenne, dès l'âge de quatre ou cinq ans, trois ou quatre langues. J'ai vu ces petites créatures dont le sort était vraiment digne de compassion ; elles ne pouvaient se faire comprendre des

a) Dans la haute classe, les demoiselles restent avec leur gouvernante jusqu'à ce qu'elles se marient ; lorsque la mère veut les voir, elle leur envoie, par son *footman,* un billet d'invitation pour venir prendre le thé, et les demoiselles font une toilette pour se rendre dans l'appartement de leur mère comme si elles allaient visiter une étrangère.

1. Joseph Jacotot (1770-1840), avocat, fondateur en Belgique d'une nouvelle méthode pédagogique dite « enseignement universel », à propos de laquelle il a publié de nombreux ouvrages.

personnes qui les entouraient. Toute espièglerie, toute gentillesse de langage leur étaient interdites. Incapables de communiquer verbalement, elles étaient obligées de se faire comprendre par *signes*. Cet état faisait naître, selon la nature des organisations, l'irritation ou l'apathie : les unes étaient criardes, tracassières, méchantes ; les autres silencieuses et tristes. L'enfant, forcée de surcharger sa mémoire des mots de trois ou quatre langues, n'acquiert qu'une conception confuse du sens que les mots expriment ; elle retient le signe oval, et laisse échapper l'idée qu'il représente ; la mémoire des mots se développe outre mesure, mais l'intelligence nécessaire pour concevoir la pensée s'anéantit. La connaisance des langues est, sans doute, nécessaire à un peuple dont la cupidité envahit la terre entière ; mais il faut d'abord subordonner toute espèce d'instruction au développement de l'organisation ; puis considérer l'utilité de la langue qu'on fait apprendre à l'enfant ; il est rare, sinon impossible, qu'on puisse s'exprimer avec pureté et élégance dans trois ou quatre langues. Or, comme des locutions irrégulières, incorrectes, jointes à l'accent étranger, choquent en tout pays, et que les femmes sont rarement appelées à avoir des rapports d'affaires avec les nations étrangères, je pense qu'en général il existe pour elles des choses plus utiles à apprendre [1].

Pour tout ce qui est enseigné, on agit de même que pour les langues. Il faut que la jeune fille apprenne la musique, qu'elle ait ou non de l'aptitude pour cet art ; qu'elle dessine, qu'elle danse, etc. Il résulte de

1. Une telle éducation n'était en réalité réservée qu'à un très petit nombre d'enfants ; la question de l'apprentissage des langues étrangères avait été posée, et pensée, au XVIIIe siècle, notamment par Mme de Genlis qui y était favorable, pour les garçons comme pour les filles.

cette éducation que les demoiselles savent un peu de tout et n'ont en rien un talent dont elles puissent se servir, même pour se distraire. Cependant, il se rencontre des exceptions, mais elles sont rares.

Quant à l'éducation morale, elle se fait dans la Bible. Ce livre renferme de bonnes choses, tout le monde en est d'accord ; mais que d'impureté… d'histoires indécentes… d'images obscènes, il faudrait en ôter pour le mettre dans les mains de la jeunesse, si l'on ne veut point que son imagination soit salie et qu'elle voie la justification de toutes les actions que la société réprouve : du vol, de l'assassinat, de la prostitution, etc. ; car, quoi qu'en disent les révérends, la *scriptural education*[1] est la plus antisociale des éducations. Parmi les mille et mille contradictions anglaises, celle-ci n'est pas la moins choquante. Exiger qu'une jeune fille soit pure, chaste, innocente, et lui prescrire la lecture d'un livre où se trouvent les histoires de Loth, de David, d'Absalon, de Ruth, le Cantique des cantiques, etc. ; et, lorsqu'elle saura les prédications de saint Paul sur les fornicateurs, que sa mémoire sera ornée des scènes de viol, d'amour adultérin, de prostitution et d'orgie que représente la Bible, et des expressions dont le saint livre se sert, on lui dira qu'elle ne doit pas prononcer les mots *chemise, caleçon, culotte, cuisse de poulet, chienne,* etc. C'est donc l'*apparence* de la chasteté, de l'innocence, et la réalité du vice qu'on enseigne aux jeunes filles, comme on enseigne au peuple l'*apparence* de la reli-

1. Le principe désigne un enseignement religieux fondé sur la Bible par opposition à un enseignement général, donné par l'État, et relativement laïque. François Bédarida rappelle qu'à l'époque les débats font rage entre *whigs,* partisans de la formation des maîtres et de la création d'un ministère de l'Éducation nationale, et *tories,* soutenus par l'Église anglicane, qui en appellent à la religion comme seul garant du caractère moral de l'éducation.

gion et la réalité de l'oisiveté et des désordres qu'elle produit, en lui prescrivant l'observation du dimanche. Chose étrange ! la morale n'existe nulle part ; on ne croit plus à la chasteté, à la probité et à aucune des acceptions du mot *vertu* ; personne ne se laisse prendre aux apparences, et cependant elles continuent d'envelopper les mœurs nationales.

Les jeunes personnes ont très peu de distractions ; comme l'intérieur des familles est froid, aride et mortellement ennuyeux, elles se lancent à corps perdu dans la lecture des romans ; malheureusement, ces romans mettent sur leur premier plan des amants tels que l'Angleterre n'en présente pas, et l'influence de cette lecture fait naître des espérances qui ne sauraient se réaliser. L'imagination des jeunes personnes prend une tournure romanesque, elles ne rêvent qu'enlèvements, mais avec cette particularité qui caractérise ce siècle de confort et de luxe que le ravisseur doit être fils de nabab ou de lord, héritier d'une immense fortune, et que l'enlèvement se fasse dans une superbe calèche à quatre chevaux. Les jeunes gens riches, loin de répondre aux désirs dont ils sont l'objet, ont les sens blasés, le cœur endurci, et leur esprit froid et positif soumet tout au calcul. Les déceptions qu'éprouvent ces demoiselles n'auraient pas lieu si on leur avait donné le goût des jouissances intellectuelles, inspiré du mépris pour les satisfactions de la vanité, et qu'elles eussent été formées à l'habitude de vivre de peu. Si on leur avait expliqué l'Évangile, elles sauraient que les grandes richesses corrompent le cœur presque toujours, et elles ne désireraient point être aimées par des jeunes gens qui passent leur vie dans des maisons de jeu et à s'enivrer avec des prostituées. Ces demoiselles, après avoir vainement attendu la *calèche à quatre chevaux*, parvenues à vingt-huit ou trente ans, se marient avec de petits négociants, de minces employés, ou moins encore. Beaucoup aussi restent filles.

Certes, le sort de la femme mariée est beaucoup plus triste que celui de la fille célibataire ; au moins celle-ci jouit d'une certaine liberté, elle peut aller dans le monde, voyager avec des parents ou des amis, tandis qu'une fois mariée elle ne peut plus sortir sans la *permission de son mari*. Le mari anglais est le type du *seigneur et maître* des temps féodaux ; il se croit, et cela de très bonne foi, le droit d'exiger de sa femme l'obéissance passive de l'esclave, la soumission et le respect. Il la cloître dans sa maison, non parce qu'il en est amoureux et jaloux comme le Turc, mais parce qu'il la considère comme *sa chose*, comme un *meuble*, qui ne doit servir qu'à son usage et qu'il doit toujours trouver sous sa main ; il n'entre nullement dans ses idées qu'il soit tenu à la fidélité envers sa femme. Cette manière de voir, qui laisse le champ libre aux passions, plusieurs la motivent sur la Bible. Le mari anglais couche avec sa servante, la chasse lorsqu'elle est enceinte ou accouchée, et ne se croit pas plus coupable qu'Abraham renvoyant au désert Agar et son fils Ismaël[1].

La femme, en Angleterre, n'est point toujours, comme en France, la maîtresse du logis ; elle y est même presque entièrement étrangère. Le mari tient l'argent et les clés ; c'est lui qui règle la dépense, loue ou congédie les domestiques, commande le dîner

1. En réalité, ce type de conduite était tout aussi courant en France, bonnes et servantes étant traditionnellement à la disposition du maître, tant dans le monde rural que dans les espaces urbains. Le sort des enfants nés hors mariage était souvent problématique, comme le rappellent les procès faits aux mères infanticides, le nombre croissant d'abandons d'enfants, et, liée à lui, l'augmentation de la délinquance juvénile.

chaque matin, invite les convives; lui seul décide du sort des enfants; en un mot, il s'occupe exclusivement de tout. Beaucoup de femmes ne savent pas précisément quel genre d'affaires font leurs maris; à quelle profession leurs enfants sont destinés, et généralement elles ignorent l'état de leur fortune. La femme anglaise ne demande jamais à son mari ce qu'il fait, quelle société il voit, combien il dépense et où il passe son temps. Pas une qui ose se permettre d'adresser de pareilles questions. De cette extrême dépendance, de ce respect des femmes anglaises pour les volontés de leur *seigneur et maître*, à la familiarité, à l'intérêt actif des femmes françaises envers leurs maris, il y a tout l'espace qui sépare la civilisation française d'aujourd'hui de celle de saint Louis. La femme anglaise n'a aucune garantie pour sa fortune, elle en est dépouillée sans même le savoir. C'est ordinairement par le journal qu'elle apprend que son mari a fait faillite, qu'il est ruiné, et parfois qu'il s'est brûlé la cervelle.

J'ai déjà dit qu'il est d'usage que les enfants demeurent avec leur bonne ou gouvernante dans une pièce à part; la mère n'y va jamais; ce n'est pas d'elle qu'ils apprennent à parler, ce n'est pas elle qui développe graduellement leur esprit et leur cœur. Lorsque la bonne ou gouvernante lui amène ses enfants dans le salon, elle examine s'ils sont bien propres, si leurs vêtements sont bien frais; son inspection achevée, elle les embrasse et en voilà jusqu'au lendemain. Plus grands, les enfants vont en pension, la mère alors ne les voit que rarement, et une fois mariés les relations cessent presque entièrement : on s'écrit, et c'est tout. Cette froideur, cette indifférence comme mère et épouse ne résultent pas seulement de l'éducation pétrifiante qu'elle a subie, c'est aussi la conséquence naturelle de la position que la femme anglaise occupe dans la maison conjugale : quel intérêt peut-elle prendre à une association qui se conduit en tout sans que sa volonté et ses conseils y participent en rien ? La bonne ou mauvaise fortune du maître ne laisse-t-elle pas toujours les esclaves dans une indifférence complète ?

Je crois deviner ce qui aura valu à ces dames la réputation de *femmes de ménage*[1], c'est leur vie sédentaire. En effet, comment supposer que, restant toujours chez elles, elles ne s'occupent point ? C'est cependant ce qui a lieu ; non seulement les femmes anglaises ne font rien dans leur maison, mais encore elles penseraient se ravaler à la condition d'*ouvrières* si elles touchaient une aiguille[a] ; pour elles, le temps est un fardeau accablant. Elles se lèvent fort tard, déjeunent lentement, lisent les journaux, s'habillent ; puis, à deux heures, arrive un second déjeuner ; ensuite elles lisent le roman et elles écrivent des lettres de douze à quinze pages. Pour dîner, elles font une seconde toilette ; après dîner, vers sept ou huit heures, elles prennent le thé, toujours très lentement ; à dix heures, elles soupent, et enfin restent *seules* au coin du feu.

Rien ne manifeste autant le matérialisme de cette société anglaise que l'état de nullité où les hommes réduisent leurs compagnes ! Les charges sociales ne sont-elles pas communes à la femme aussi bien qu'à l'homme que ces messieurs croient l'en exclure et la condamnent à vivre de la vie de la plante ? Oh ! il faut en convenir, la *scriptural education* produit de mer-

* Je ne parle que des femmes dans l'aisance ; car il est bien entendu que la femme pauvre et celle du petit marchand sont forcées de travailler ; mais beaucoup préfèrent devenir *femmes galantes* que de *descendre à l'état d'ouvrières.* En Angleterre, le travail avilit.

1. Au sens de femmes d'intérieur, ménagères.

veilleux effets ! Ces ménages anglais ne font-ils pas la satire la plus amère du mariage indissoluble ? Pourrait-on rien inventer de plus fort pour faire ressortir l'extravagance de l'institution ? Sous l'empire de pareilles circonstances, il faut, pour qu'il existe en Angleterre un aussi grand nombre de femmes de mérite, que Dieu ait départi aux Anglaises beaucoup plus de force morale et d'intelligence qu'à leurs maîtres ; autrement, elles deviendraient nécessairement des créatures complètement stupides.

Les causes de tous les mariages en Angleterre sont, du côté des filles, le désir de se soustraire à la puissance paternelle, d'alléger le joug des préjugés qui pèsent si lourdement sur les jeunes filles, et l'espoir de jouir dans le monde de plus d'importance ; car pour les âmes élevées c'est un besoin de prendre part au mouvement de la société. Du côté des hommes, c'est uniquement le désir de s'emparer de la dot, de s'en servir pour payer des dettes, faire des spéculations, ou, si cette dot est une fortune, d'en manger les revenus dans les clubs, les *finishes*[1], ou avec leurs maîtresses.

Dans ce marché c'est la femme qui est dupe ; les préjugés la conduisent à l'autel, la cupidité l'y attend pour la dépouiller. Les hommes mènent la même existence qu'avant d'être mariés ; le lien du mariage, qui est si pesant pour les femmes, ne leur impose aucune obligation, et, selon qu'il leur en prend envie, ils vivent avec les filles de joie, les servantes et les actrices. La plupart entretiennent somptueuse-

1. Dans le chapitre qu'elle consacre aux filles publiques, Flora Tristan a décrit ces parties fines réservées aux clients fortunés, qui commencent vers minuit et se terminent vers sept ou huit heures du matin. On y soûle les prostituées et on les invite « à toutes les obscénités que l'ivresse enfante ». Les récits donnés à l'époque sur le sujet par Balzac, Mérimée ou Musset ne font pas état de conduites très différentes.

ment une maîtresse dans une jolie petite maison des faubourgs : cet usage est universel parmi les hommes riches, tant de la Cité que du *West End.* Ils se font un *second ménage,* une seconde famille[1] ; tout ce qu'ils ont d'affection dans le cœur est pour cette femme de leur choix et les enfants qu'elle leur donne ; alors la pauvre femme légitime, qu'ils ont prise uniquement comme *un bailleur de fonds,* est à leurs yeux une compagne incommode, acariâtre : les égards qu'elle exige, la considération, le respect que le monde les oblige à lui montrer sont des devoirs qui les obsèdent et auxquels ils échappent en restant chez eux le moins possible. Que devient la femme à *contrat*? Hélas ! elle est réduite à l'état de machine à fabriquer des enfants, « et les vingt-cinq plus belles années de sa vie se passent à faire des *petits* ».

L'isolement porte les dames anglaises à observer, à méditer ; un grand nombre d'entre elles se laissent entraîner à écrire. Il y a en Angleterre beaucoup plus de femmes auteurs qu'en France, parce que les Françaises ont une vie plus active et sont moins exclues que les Anglaises du mouvement social. Plusieurs femmes auteurs ont illustré l'Angleterre, et depuis Lady Montagu[2], qui a écrit ses impressions de voyage dans un style si pur, si élégant, une foule d'autres se sont, à son exemple, lancées dans la carrière littéraire et ont fait preuve d'un mérite incontestable. C'est surtout dans le roman et dans les tableaux de mœurs que ces dames excellent. Tout le monde connaît les

1. Le phénomène était loin d'être propre à l'Angleterre. Balzac en avait fait le sujet de l'un de ses premiers romans, *La Double Famille* (1830).

2. Lady Montagu, née Mary Wortley (1689-1762), épistolière et poétesse. Elle avait suivi son mari ambassadeur à Constantinople, avant de se séparer de lui et de s'installer en Italie. Ses *Lettres de Turquie* furent publiées après sa mort, en 1763.

œuvres de Lady Morgan[1]; personne avant elle n'avait aussi bien tracé le caractère irlandais et donné autant de vie à la peinture de l'Irlande. Les ouvrages de Lady Blessington[2] se font remarquer par l'exactitude de l'observation, le piquant de la pensée; et je pourrais citer beaucoup d'autres noms. Dernièrement, une jeune femme est apparue; son début a été des plus brillants; jamais aurore littéraire n'a rayonné d'un plus vif éclat, n'a donné d'aussi belles espérances, et Lady Lytton-Bulwer[3] s'est placée au premier rang de la littérature. Cette femme d'élite est une des nombreuses victimes de l'indissolubilité du mariage. Aussi son premier livre est-il un long cri de douleur; elle l'a intitulé *Scènes de la vie réelle (Scenes of Real Life).* On ne montre pas impunément du talent; le monde, ne pouvant le lui contester, s'est élevé contre le scandale de semblables divulgations : pauvres femmes! il ne leur est jamais permis que de souffrir... on leur interdit jusqu'à la plainte!

Les femmes auteurs s'occupent aussi, en Angleterre, des sujets les plus graves. Miss Martineau[4] a

1. Lady Morgan, née Sydney Owenson (1775-1859), romancière d'origine irlandaise. Elle est notamment l'auteur de *The Wild Irish Girl* (1806), *O'Donnel* (1814), *The O'Briens and the O'Flahertys* (1827), ainsi que d'un *Voyage en France* (1817).

2. Lady Blessington, née Margaret Gardiner(1789-1849), d'origine irlandaise elle aussi. Elle est l'auteur de *Conversations avec lord Byron* traduit en français en 1833, de plusieurs romans et de récits de voyage (dont *The Idler in France,* 1841).

3. Lady Bulwer-Lytton, née Rosina Wheeler (1802-1882), romancière d'origine irlandaise, mariée à l'homme de lettres Edward Bulwer-Lytton. Elle s'en séparera en 1836 dans des circonstances difficiles. Son premier roman s'intitule *Cheveley or the Man of Honour* (1839) ; il est directement inspiré par sa vie, ce qui explique sans doute l'erreur de Flora Tristan, aucun roman ne portant le titre qu'elle mentionne.

4. Harriet Martineau (1802-1876) s'est illustrée par un nombre considérable d'ouvrages dans le domaine de l'économie et de l'histoire. Elle est également l'auteur de romans.

écrit des ouvrages très remarquables sur l'économie politique ; Mrs Trollope[1] a publié un voyage dans l'Amérique du Nord, qui a eu beaucoup de succès ; Mrs Gore[2] a écrit de très jolies nouvelles sur les mœurs et l'histoire polonaise ; Mrs Shilly[3] fait des vers pleins de mélodie et de sentiment ; beaucoup de ces dames écrivent dans les revues et journaux ; mais je vois avec une profonde affliction qu'aucune encore n'a osé embrasser la cause de la liberté de la femme, de cette liberté sans laquelle toutes les autres sont d'une si courte durée, de cette liberté pour laquelle spécialement il convient à des femmes auteurs de combattre. Les femmes auteurs en France ont, sous ce rapport, devancé les Anglaises. Cependant, une voix de femme se fit entendre en Angleterre il y a un demi-siècle, voix qui prit dans cette vérité dont Dieu a mis l'empreinte en notre âme une puissance irrésistible et une éclatante énergie ; voix qui n'a pas craint d'attaquer un à un tous les préjugés et d'en démontrer le mensonge et l'iniquité. Mary Wollstonecraft a intitulé son livre : *A Vindication of the Rights of Woman* (Défense des droits de la femme) ; il parut en 1792[4].

Ce livre fut étouffé dès son apparition, ce qui n'épargna pas à son auteur le supplice de la calom-

1. Mrs Trollope, née Frances Milton (1780-1863). À la suite d'un voyage aux États-Unis, elle avait publié *Domestic Manners of the Americans* (1832).

2. Mrs Gore, née Catherine Moody (1799-1861), est l'auteur d'un grand nombre de romans et de pièces de théâtre.

3. Aucune femme de lettres ne porte ce nom. Flora Tristan songerait-elle à Mary Shelley (1797-1851) ? Mais l'auteur de *Frankenstein* (1818) n'a guère publié de poèmes.

4. *A Vindication of the Rights of Woman* avait paru en anglais en 1792, et presque aussitôt en français, une année après le bref pamphlet d'Olympe de Gouges, *Déclaration des droits de la femme et de la citoyenne,* dont Flora Tristan ne semble pas se souvenir. Féministe de la première heure, même si elle n'imagine guère la participation des femmes aux affaires publiques comme

nie. Il n'y eut que le premier volume de publié, et il est devenu extrêmement rare. Je ne pus trouver à l'acheter, et, sans un ami qui voulut bien me le prêter il m'eût été impossible de me le procurer. La réputation de ce livre inspire un tel effroi que, si vous en parlez même aux femmes *dites du progrès*, elles vous répondront avec un mouvement d'horreur : « Oh ! c'est un très mauvais livre ! » Ah ! la calomnie l'emporte souvent sur la renommée la mieux méritée ! elle transmet ses haines de génération en génération, ne respecte pas la tombe, la gloire même ne l'arrête pas.

Mary Wollstonecraft dédia son livre à M. de Talleyrand-Périgord[1]. Écoutez cette femme, cette femme anglaise, qui, la première, ose dire que les droits civils et politiques appartiennent *également aux deux sexes*, et qui en appelle à une opinion professée par M. de Talleyrand à la tribune pour lui démontrer qu'il est de

---

le souhaitent alors ses homologues françaises, Mary Wollstonecraft (1759-1797) avait connu une vie souvent difficile avant de rencontrer le philosophe radical William Godwin et de l'épouser en 1797. Favorable aux idées révolutionnaires, elle avait habité Paris de 1792 à 1795 et fréquenté le salon de Mme Roland. Elle avait publié de nombreux articles dans la revue radicale *The Analytical Review* et était l'auteur de plusieurs ouvrages d'un retentissement certain, parmi lesquels *Réflexions sur l'éducation des filles* (1787), *Défense des droits de l'homme* (1790), *Analyse historique et morale de la Révolution française* (1794). Elle était morte quelques jours après la naissance de sa fille, la future romancière Mary Shelley. Son mari éditera ses œuvres, dont un roman inachevé, *The Wrongs of Woman*, et sera son premier biographe. John Opie a laissé d'elle un magnifique portrait (Londres, National Portrait Gallery).

1. Composé de treize chapitres, *Défense des droits de la femme* invalide une série d'idées reçues sur les hommes, les femmes et sur leurs « caractères propres », dénonce la misogynie ambiante et plaide pour l'éducation, tout en incitant les femmes à comprendre la nécessité de la vertu et de la « bonne réputation ». « Je plaide pour mon sexe », affirme d'emblée Mary Wollstonecraft dans sa dédicace « À Monsieur Talleyrand-Périgord, ancien évêque d'Autun », auteur notamment d'un projet de décret sur l'instruction publique en 1791.

son *devoir* d'homme d'État d'agir conformément à cette opinion, d'en faire triompher les conséquences et d'établir la complète émancipation de la femme.

Voici quelques passages de cette dédicace[1] :

« Réclamant pour les droits de la femme, mon principal argument, pour en démontrer l'utilité, est fondé sur cette raison bien simple que, si l'éducation ne prépare pas la femme à devenir la compagne de l'homme, elle arrêtera le progrès ; car, si les connaissances humaines demeurent le partage exclusif de l'homme, leur influence sera sans effficacité sur la masse de la société. [...] Si vous voulez que vos enfants apprennent à comprendre le vrai patriotisme, il faut que leur mère soit une patriote éclairée ; et l'amour de l'humanité, source de toute vertu, ne saurait se développer en eux que par l'appréciation de l'intérêt moral et politique du genre humain ; mais l'éducation actuelle de la femme l'exclut de telles investigations. [...]

« Je m'adresse à vous, monsieur, comme à un législateur, et je vous demande si, quand les hommes combattent pour leur liberté et pour qu'on les laisse décider eux-mêmes de ce qui convient à leur propre bonheur, il n'est pas inconséquent et injuste d'assujettir les femmes à des lois qu'elles n'ont pas concouru à faire. Qui a constitué l'homme juge exclusif pour décider si la femme est, comme lui, douée de raison ?

« Les tyrans de toutes les dominations, depuis les rois jusqu'aux pères de famille, agissent et raisonnent de même ; ils s'empressent d'écraser la raison, en

1. Flora Tristan cite la première traduction. Pour une traduction plus adéquate, on se rapportera à la seule édition moderne, mais incomplète, parue en 1976 (Paris, Payot, p. 32-34).

usurpent les droits et affirment que c'est pour l'utilité générale qu'ils étouffent la voix de tous. Votre conduite n'est-elle pas semblable à celle des tyrans lorsque vous déniez aux femmes les droits civils et politiques et les forcez à rester murées dans leurs familles et à se mouvoir au milieu des ténèbres ?

« Si la femme doit continuer à être exclue de la participation aux droits naturels de l'humanité, vous devez d'abord prouver, afin de repousser l'accusation d'injustice et d'inconséquence, qu'elle manque de raison ; autrement, votre nouvelle constitution portera toujours l'empreinte de l'iniquité et témoignera que l'homme, en s'affranchissant du despotisme, est lui-même resté tyran ; et vous le savez, monsieur, la tyrannie, en quelque partie de la société qu'elle se montre, anéantit toute morale. [...]

« Si l'on ne permet pas aux femmes de jouir de droits légitimes, elles pervertiront les hommes et elles-mêmes pour obtenir d'illicites privilèges. »

Maintenant, voici comment elle parle aux femmes :

« J'espère que les femmes m'excuseront si je les traite comme des *êtres rationnels*, au lieu de les entretenir de leurs grâces enchanteresses et de les considérer comme si elles étaient dans un état perpétuel d'enfance, incapables d'agir par elles-mêmes. Je désire ardemment leur indiquer en quoi la vraie dignité et le bonheur consistent ; je désire les persuader de la nécessité de développer leurs forces intellectuelles et physiques ; je désire les convaincre que ces douces expressions, susceptibilité de cœur, délicatesse de sentiment et raffinement de goût, sont presque synonymes de faiblesse ; et que ces créatures faibles, qui sont l'objet de la pitié, ou de cette espèce d'amour que la pitié fait naître, sont bientôt délaissées par l'homme et deviennent l'objet de son mépris.

« Repoussant donc ces phrases gentilles à *l'usage des dames*, dont la condescendance des hommes veut bien se servir pour adoucir le joug de notre dépendance, et méprisant cette élégance d'esprit, cette sensibilité exquise et cette moelleuse docilité de manières, qu'on suppose les traits caractéristiques de notre sexe, je désire montrer que l'élégance est inférieure à la vérité morale, je désirer montrer que le premier objet d'une ambition louable doit être pour tous, sans distinction de sexe, d'être utile à ses semblables ; que le bien qui résulte pour le prochain des actions des hommes est la pierre de touche du mérite de ces actions[1]. »

Mary Wollstonecraft réclame la liberté de la femme comme un *droit*, au nom du principe sur lequel les sociétés fondent le juste et l'injuste ; elle la réclame parce que sans la liberté il ne peut exister d'obligation morale d'aucune espèce, que sans l'égalité entre l'un et l'autre sexe la morale manque de base, cesse d'être vraie.

Mary Wollstonecraft dit qu'elle considère les femmes sous le point de vue élevé de créatures qui sont, de même que les hommes, placées sur cette terre pour développer leurs facultés intellectuelles. La femme n'est ni inférieure ni supérieure à l'homme ; ces deux êtres ne diffèrent, sous le rapport de l'esprit et de la forme, que pour s'harmoniser, et, leurs facultés morales étant destinées à se compléter par l'union, ils doivent recevoir le même degré de développement. Mary Wollstonecraft s'élève contre les écrivains qui considèrent la femme comme un être d'une nature subordonnée et destinée aux plaisirs de l'homme. À ce sujet, elle fait une critique très

1. Flora Tristan cite deux paragraphes de l'introduction (Édition Payot, p. 42).

juste de Rousseau [1], qui établit que la femme doit être *faible et passive*, l'homme actif et fort ; que la femme a été formée pour être *assujettie à l'homme*, et enfin que la femme doit se rendre agréable et obéir à *son maître*, et que tel est le but de son existence [a]. Mary Wollstonecraft démontre que d'après ces principes-là les femmes sont élevées à la ruse, à la duplicité et à la galanterie, tandis que, leur esprit restant sans culture et la surexcitation de leur sensibilité les laissant sans défense, elles deviennent victimes de toutes les oppressions. L'auteur prouve que le renversement de toute morale est la conséquence rigoureuse de ces principes. La tendance pernicieuse de ces livres, ajoute-t-elle, dans lesquels les écrivains dégradent insidieusement les femmes, alors même qu'ils sont prosternés devant leurs charmes, ne saurait être trop souvent signalée ni trop sévèrement censurée.

Mary Wollstonecraft s'élève avec courage et énergie contre toute espèce d'abus. « Les hommages et respects, dit-elle, dont la propriété est l'objet sont les sources empoisonnées d'où proviennent la plupart des maux qui font du monde une horrible scène à contempler. [...] Car tous cherchent à obtenir le respect par les richesses, et les richesses gagnées, n'importe comment, obtiendront le respect qui n'est dû qu'aux talents et à la vertu. Les hommes négligent tous les devoirs de l'homme, et néanmoins sont traités en demi-dieux. La religion s'est aussi isolée de la

a) Précepte selon la loi de Moïse. Depuis, l'humanité a passé par la loi de Jésus.

1. Allusion au livre V d'*Émile ou De l'éducation* (1761) de Jean-Jacques Rousseau dans lequel le philosophe règle la conduite d'Émile et de celle qu'il va épouser, Sophie : celle-ci doit respect et docilité à celui qui deviendra son maître. Le passage avait suscité de nombreux commentaires de la part des premières féministes.

morale, et les hommes s'étonnent que le monde n'est plus qu'une caverne de filous et d'oppresseurs [1].

Mary Wollstonecraft publiait, en 1792, les mêmes principes que Saint-Simon [2] a répandus plus tard, et qui se propagèrent avec tant de rapidité à la suite de la révolution de 1830. Sa critique est admirable ; elle fait ressortir dans toutes leurs vérités les maux provenant de l'organisation actuelle de la famille ; et la force de sa logique laisse les contradicteurs sans réplique. Elle sape hardiment cette foule de préjugés dont le monde est enveloppé ; elle veut, pour les deux sexes, l'*égalité des droits civils et politiques*, leur *égale admission aux emplois*, l'éducation professionnelle *pour tous*, et le divorce à la volonté des parties. « Hors ces bases, dit-elle, toute organisation sociale qui promettra le bonheur public mentira à ses promesses [3]. »

Le livre de Mary Wollstonecraft est une *œuvre impérissable* ! Elle est impérissable, parce que le bonheur du genre humain est attaché au triomphe de la cause que défend *A Vindication of the Rights of Woman*. Cependant, ce livre existe depuis un demi-siècle, et personne ne le connaît !...

1. Flora Tristan cite un bref passage du chapitre IX de *Défense des droits de la femme*, intitulé « Effets pernicieux dus aux différences artificielles établies dans la société » (le lecteur pourra le lire p. 181 de l'édition Payot).

2. Claude Henri de Saint-Simon (1760-1825), philosophe et économiste. Figure majeure de ce que Engels a appelé le « socialisme utopique », il avait dénoncé le pouvoir et l'oisiveté des classes privilégiées, fait l'apologie des producteurs et de « l'industrialisme », annoncé la venue d'un nouveau christianisme et combattu la propriété. En 1829, ses disciples, Armand Bazard et Prosper Enfantin, fondèrent une « Église saint-simonienne » qui militait notamment pour l'égalité des sexes, l'émancipation de la femme, une certaine liberté amoureuse et la possibilité de désunion en cas de conflit. Flora Tristan prendra peu à peu ses distances à l'égard d'une doctrine qu'elle avait d'abord faite sienne.

3. Flora Tristan ne semble pas citer Mary Wollstonecraft mais lui prêter cette phrase qui résume les positions qu'elle vient de détailler.

*Appendices*

## *Éléments biographiques*

1803. Naissance à Paris de Flora, fille d'Anne-Pierre Laisnay et de don Mariano Tristan y Moscoso, militaire au service du roi d'Espagne, membre d'une riche famille de propriétaires terriens à Arequipa, au Pérou. « Ma mère est française, rappelle Flora Tristan au début des *Pérégrinations d'une paria* : pendant l'émigration elle épousa en Espagne un Péruvien ; des obstacles s'opposèrent à leur union, ils se marièrent clandestinement, et ce fut un prêtre français émigré qui fit la cérémonie du mariage dans la maison qu'occupait ma mère. »

1807. 14 juin, mort du père de Flora Tristan : « Il mourut subitement, sans avoir fait régulariser son mariage, et sans avoir songé à y suppléer par des dispositions testamentaires. » 27 juin : naissance de son frère, Mariano Pio (il mourra neuf ans plus tard). La famille quitte bientôt la rue de Vaugirard où elle résidait pour gagner les environs de Paris ; elle y restera jusqu'en 1818.

1821. Mariage de Flora, devenue ouvrière coloriste, avec son employeur, André-François Chazal, peintre et lithogaphe. Leur premier enfant naît en 1822 ou 1823 (il mourra vers l'âge de dix ans), le deuxième en 1824.

1825. Naissance d'un troisième enfant, Aline (future mère de Paul Gauguin), alors que Flora Tristan, à la suite de violentes querelles, a déjà quitté le domicile conjugal, se plaçant ainsi dans une situation très difficile (discrédit social, action passible d'emprisonnement). Pour gagner sa vie, elle confie ses enfants à sa mère et voyage, semble-t-il, en tant que dame de compagnie auprès d'Anglaises.

1826. Premier voyage en Angleterre. Elle s'y rendra à nouveau en 1831, puis en 1835 et en 1839.

1829. Dans une grande misère, Flora Tristan cherche à entrer en contact avec son oncle Pio, qui gère au Pérou les biens laissés par son père à sa mort : « C'est la fille de votre frère, de ce *Mariano* chéri de vous, qui prend la liberté de vous écrire. » Dans une longue lettre, elle lui raconte les malheurs arrivés à ses parents ; elle y joint son extrait de baptême, seul document attestant qu'elle est bien la fille de Mariano Tristan. La réponse de Pio Tristan lui parvient une année plus tard : à titre de *fille naturelle* de son frère, il envoie à Flora une somme d'argent auquel est joint un petit legs de la grand-mère Tristan.

1832. Chazal poursuit sa femme et ses enfants de ses violences. À sa demande, Flora Tristan lui confie son fils mais garde sa fille avec elle. Sensible aux doctrines socialistes, elle rêve de se lancer dans le journalisme politique.

1833-1834. Flora Tristan place sa fille dans une pension à Angoulême. En avril, à Bordeaux, elle s'embarque pour le Pérou où elle espère décider son oncle à lui restituer l'héritage de son père. Sur le bateau, le capitaine Zacharie Chabrié, qui croit sa passagère célibataire, tombe amoureux d'elle et la presse de l'épouser. Après des mois de voyage — pendant lesquels elle est passée par le Cap-Vert, le cap Horn et Valparaiso avant de mettre pied à terre à Callao, ville portuaire du Pérou —, Flora Tristan arrive à Arequipa en septembre. Elle y est très bien accueillie mais elle ne fait la connaissance de Pio Tristan, alors absent de ses terres, qu'en janvier de l'année suivante. À la suite de tractations difficiles, son oncle lui accorde la propriété du cinquième des biens de son père sous forme de pension, refusant toujours de la traiter comme son héritière légitime. Flora reste l'invitée de la famille Tristan jusqu'en avril 1834. En juillet, après quelques semaines passées à Lima, elle quitte définitivement le Pérou pour revenir en France via l'Angleterre.

1835. À peine rentrée à Paris, Flora Tristan retrouve sa fille, et Chazal aux poursuites duquel elle échappe avec peine. Elle publie une brochure, *Nécessité de faire un bon accueil aux femmes étrangères* : « Les limites de notre amour ne doivent pas être les buissons qui entourent notre jardin, les murs qui enceignent notre ville, les montagnes ou les mers qui bordent notre pays. Désormais notre patrie doit être l'univers. » Ses sympathies politiques à l'égard des fouriéristes et des saint-simoniens se précisent.

1836. La *Revue de Paris* publie deux articles sur le Pérou, esquisse des deux premiers chapitres des *Pérégrinations d'une paria.*

1837. La *Revue de Paris* publie « Lettres à un architecte anglais (I et II) ». Elles serviront de point de départ à la rédaction des *Promenades dans Londres.* En novembre, publication des *Pérégrinations d'une paria,* récit de son voyage à Arequipa ; il est dédié aux Péruviens et signé « votre compatriote et amie ». Envoi à la Chambre d'une pétition pour le rétablissement du divorce (supprimé en 1816, il sera finalement rétabli en 1884) : « Il est superflu de démontrer que la concorde entre les époux (...) ne peut résulter que de rapports d'égalité ; que l'union hideuse du despotisme et de la servitude pervertit le maître et l'esclave, et que telle est notre nature, qu'il n'est pas d'affection que la dépendance n'anéantisse. » Le texte est reproduit dans le journal de Louis Blanc, *Le Bon Sens.*

1838. Séparation de corps des époux Chazal ; en septembre, nouvelles violences du peintre à l'endroit de sa femme sur laquelle il tire à bout portant. Publication de *Méphis ou Le Prolétaire,* roman repris en 1843 sous le titre *Marequita l'Espagnole.* Envoi à la Chambre d'une pétition en faveur de l'abolition de la peine de mort. Pio Tristan, indigné par la publication des *Pérégrinations d'une paria* cesse tout envoi d'argent à sa nièce. Les positions politiques de Flora Tristan se radicalisent, comme ses positions féministes. Elle rêve d'union des ouvriers, d'association des femmes.

À une destinataire non identifiée, elle a écrit : « Nous sommes arrivés vers l'époque où, enfin, les femmes d'un certain mérite vont travailler à former entre elles une alliance dont il résultera pour elles force et pouvoir et, pour tous, bonheur et harmonie. » *Le Journal du peuple* reproduit sa pétition contre la peine de mort.

1839. Chazal est condamné à vingt ans de travaux forcés. Flora Tristan obtient du tribunal de recouvrer son nom de jeune fille et de le faire porter à ses enfants. De mai à août, elle séjourne à Londres pour la quatrième fois.

1840. Publication de *Promenades dans Londres.*

1841. Demande à la direction des Beaux-Arts d'une « pension littéraire » qu'elle n'obtiendra pas.

1842. Bref contact avec George Sand. Flora Tristan souhaite publier dans *La Revue indépendante,* que l'écrivain a fondée en 1841 avec Pierre Leroux et Louis Viardot. Sand répond favorablement mais le projet reste sans suite. Édition remaniée et à bon marché des *Promenades dans Londres.*

1843. Publication de la brochure *Union ouvrière* grâce à une souscription : « Ouvriers, (...) Votre action à vous, ce n'est pas la révolte à main armée, l'émeute sur la place publique, l'incendie ni le pillage. (...) Votre action, à vous, vous n'en avez qu'une légale, légitime, avouable devant Dieu et les hommes : c'est l'UNION UNIVERSELLE DES OUVRIERS ET DES OUVRIÈRES. » Victor Considérant, Agricol Perdiguier, Victor Schoelcher, George Sand, Eugénie Niboyet, Armand Barbès figurent au nombre des correspondants de Flora Tristan à cette époque.

1844. Départ de Paris en avril pour une sorte de tournée de ralliement des forces ouvrières. Étape à Auxerre, Dijon, Mâcon, Lyon, « la grande ville du prolétariat », Saint-Étienne, Avignon, Marseille, Toulon, Nîmes, Montpellier, Béziers, Carcassonne, Toulouse. La police vient parfois interrompre les réunions ou perquisitionner les hôtels où descend Flora Tristan. En novembre, à Bordeaux, elle meurt des suites d'une congestion cérébrale à l'âge de quarante et un ans.

## *Repères bibliographiques*

### *Œuvres de Flora Tristan*

*Méphis*, introduction de Pascale Hustache, Paris, Indigo & Côté-femmes, 1996.

*Nécessité de faire un bon accueil aux femmes étrangères*, éd. Denys Cuche, postface par Stéphane Michaud, Paris, L'Harmattan, 1988.

*La Paria et son rêve, Correspondance*, éd. Stéphane Michaud, Paris, Presses de la Sorbonne nouvelle, 2e édition revue, 2003 [1995].

*Pérégrinations d'une paria*, éd. Stéphane Michaud, Arles, Actes Sud, « Babel », 2004.

*Promenades dans Londres ou L'Aristocratie et les prolétaires anglais*, éd. François Bédarida, Paris, Maspero, « La Découverte », 1978 [réédité aux Éditions La Découverte en 2003 ; cette édition critique demeure l'édition de référence].

*Le Tour de France : 1843-1844 : état actuel de la classe ouvrière sous l'aspect moral, intellectuel, matériel*, préf. de Michel Collinet, notes de Jules-L. Puech, Paris, Indigo & Côté-femmes, 2001.

*L'Union ouvrière*, éd. Daniel Armogathe et Jacques Grandjonc, Paris, Des Femmes, 1986.

*Ouvrages généraux*

BAELEN, Jean, *La Vie de Flora Tristan : socialisme et féminisme au XIX^e siècle*, Paris, Le Seuil, 1972.

BLOCH-DANO, Evelyne, *Flora Tristan, La Femme-messie*, Paris, Hachette, 2001.

DESANTI, Dominique, *Flora Tristan, La Femme révoltée*, Paris, Hachette, 2000 [1972].

MICHAUD, Stéphane, sous la dir. de, *Un fabuleux destin, Flora Tristan*, Éditions universitaires de Dijon, 1985.

NESCI, Catherine, sous la dir. de, « Soi-même comme autre. Flora Tristan et les pérégrinations d'une paria », *Romanic Review*, vol. 98, n° 1, janvier 2007.

VARGAS LLOSA, Mario, *Le Paradis, un peu plus loin*, Paris, Gallimard, 2003 [une version romancée de la vie de Flora Tristan].

WINOCK, Michel, *Les Voix de la liberté*, Paris, Le Seuil, 2001 [p. 222-234].

*Divers*

BEAUMONT, Gustave de, *L'Irlande sociale, politique et religieuse*, Ceriul, Université de Lille-III, 1990 [fac-similé de l'édition de 1839].

BÉDARIDA, François, sous la dir. de, *Histoire de la Grande-Bretagne*, Paris, Hatier, 1972-1978, 3 vol.

BÉDARIDA, François, *L'Ère victorienne*, Paris, PUF, 1979.

ENGELS, Friedrich, *La Situation de la classe laborieuse en Angleterre*, Paris, Éditions sociales, 1960 [1845].

WOLLSTONECRAFT, Mary, *Défense des droits de la femme*, Paris, Payot, 1976 [1792].

# DÉCOUVREZ LES FOLIO 2 €

*Composition Bussière*
*Impression Novoprint*
*à Barcelone, le 12 février 2008*
*Dépôt légal : février 2008*
ISBN 978-2-07-034773-5./Imprimé en Espagne.

152413